Mizukami Tsutomu
Im Tempel der Wildgänse

japan edition
herausgegeben von Eduard Klopfenstein, Zürich

Dieses Werk erscheint im Rahmen des Projekts zur Veröffentlichung japanischer Literatur (JLPP), realisiert durch das Zentrum für Förderung und Publikation Japanischer Literatur (J-Lit Center) im Auftrag des japanischen Amts für kulturelle Angelegenheiten. Verantwortlich für den deutschen Sprachraum: Eduard Klopfenstein.

Die Schreibweise der japanischen Namen wurde in ihrer ursprünglichen japanischen Gestalt belassen, also erst der Familienname, dann der persönliche Name.

Mizukami Tsutomu
Im Tempel der Wildgänse

Roman

Aus dem Japanischen übersetzt
von Verena Werner und
mit einem Nachwort versehen
von Eduard Klopfenstein

japan edition

Bibliografische Information der Deutschen Bibliothek

Die Deutsche Bibliothek verzeichnet diese Publikation in der Deutschen Nationalbibliografie; detaillierte bibliografische Daten sind im Internet über http://dnb.d-nb.de abrufbar.

Alle Rechte vorbehalten.
Dieses Werk, einschließlich aller seiner Teile, ist urheberrechtlich geschützt. Jede Verwertung außerhalb der engen Grenzen des Urheberrechtsgesetzes ist ohne Zustimmung des Verlages unzulässig und strafbar. Das gilt insbesondere für Vervielfältigungen, Übersetzungen, Mikroverfilmungen, Verfilmungen und die Einspeicherung und Verarbeitung auf DVDs, CD-ROMs, CDs, Videos, in weiteren elektronischen Systemen sowie für Internet-Plattformen.

Japanischer Originaltitel
Gan no tera
© Fukiko Minakami, 1961
Deutsche Übersetzung © Verena Werner 2007
Erstveröffentlichung im Verlag Bungei Shunju, Tokyo

© 2008, japan edition im be.bra verlag GmbH, KulturBrauerei Haus S, Schönhauser Allee 37, 10435 Berlin
post@bebraverlag.de
Lektorat: Ingrid Kirschey-Feix, Berlin
Umschlaggestaltung: Hauke Sturm, Berlin
Satz: psb, Berlin
Schrift: Minion 10,25/13,25˙
Druck und Bindung: GGP Media GmbH, Pößneck
ISBN 978-3-86124-904-7

www.bebraverlag.de

I

Kishimoto Nangaku, der sich mit seinen Tier- und Vogelbildern in Kyōtos Malerkreisen einen Namen gemacht hatte, starb im Herbst des Jahres 1933 in einem inneren Raum seines weitläufigen, von einem schwarzen Bretterzaun umgebenen Anwesens an der Ecke der Marutamachi- und der Higashinotōin-Straße.

Nur der Wille schien Nangaku, der abgemagert war wie eine Fangheuschrecke, in seinen letzten Jahren am Leben erhalten zu haben, nicht zuletzt, weil sich in seinem Alter sein chronisches Asthma verschlimmert hatte und zwar in dem Maße, dass seine anwesenden Schüler wie aus einem Munde sagten, er gleiche in seinen letzten Stunden ganz einem gestürzten Baum, dürr und von Würmern zerfressen. Es war kein Wunder, dass ihnen Nangaku nun so vorkam, da sie ihn bisher als tatkräftigen und vitalen Mann gekannt hatten, der sich wie kaum ein anderer mit Frauen vergnügt hatte. Einen Tag und eine Nacht lang schlief er laut schnarchend und starb schließlich, röchelnd und sich unter Schmerzen windend. Er war achtundsechzig Jahre alt.

Am Tag bevor Kishimoto Nangaku starb, genauer gesagt am neunzehnten Oktober – gerade als seine Gattin

Hideko kurz ausgegangen war –, stattete der Abt des Kohōan-Tempels am Fuße des Kinugasa-Berges, Kitami Jikai, dem Kranken einen Gelegenheitsbesuch ab. Der Mönch schien auf dem Rückweg von irgendeiner Totengedenkfeier zu sein, er trug eine weiße Seidenschärpe zum Schutz des Kragens und ein schwarzes Übergewand, unter dessen Saum die Falten seiner Purpurrobe hervorlugten.

»Nun, wie geht's?«

Jikai warf der Magd, die ihm am Eingang entgegenkam und die er vom Sehen kannte, nur diese Worte zu und trat ohne zu zögern ein. Im gleichen Augenblick erschien hinter ihm ein kleingewachsener junger Mönch, der kaum zwölf oder dreizehn Jahre alt sein mochte. Auch dieser kleine Mönch betrat hinter dem Abt das Zimmer.

Die Familie Kishimoto gehörte zur Gemeinde des Kohōan. Da Kishimoto ehrenhalber Vertreter derselben war, war es nicht verwunderlich, dass der Mönch so ohne Umstände diesen inneren Raum betrat, doch Sasai Nansō, der älteste der anwesenden Schüler, der die Lippen des Kranken mit einem feuchten Tuch benetzte, nahm es sich zu Herzen. Ein schlechtes Omen, dachte er. Der Meister, der in den letzten Zügen lag, war vom Arzt aufgegeben worden. Und nun der Besuch des Mönchs des Familientempels! Missmut stand auf Nansōs Gesicht. Als die Magd den Flur entlangging, um Gebäck zum Tee zu holen, kam Jikai, ohne im Geringsten auf den Gesichtsausdruck der Schüler zu achten, mit wehenden Gewändern zum Lager des Kranken, beugte sich über den daliegenden Nangaku, sah ihm ins Gesicht und sagte wieder:

»Nun, wie geht's?«

Die Stimme war laut und hallte von der niedrigen Decke wider, drang so ins Ohr Nangakus, der wie ein morscher Baum dalag, bis zum Hals mit einem seidenen Futon zugedeckt. Er öffnete die geschlossenen Lider halbwegs und sagte mit qualvoller Stimme:

»Sie, Meister?«

Das erschreckte die Schüler an seiner Seite. Obwohl Nansō seit dem Morgen immer wieder den Namen seines Lehrers gerufen hatte, hatte Nangaku kein Wort gesagt. Dessen ungeachtet öffnete dieser jetzt seinen ausgedorrten Mund ein wenig und sagte mit brüchiger Stimme:

»Ich wusste, Sie würden kommen.«

»Eine unangenehme Pflicht!«

Jikai ließ die massigen Schultern fallen, blickte Nangaku ins Gesicht und sagte in überheblichem Tonfall:

»Gerade Sie möchte ich nicht ins Jenseits begleiten müssen!«

Bei diesen Worten sah er sich mit einem Blick um, als nehme er Nansō und die anderen drei Schüler im geräumigen Zehn-Matten-Raum zum ersten Mal wahr, und lachte plötzlich schallend auf. Darauf rief er den kleinen Mönch, der die ganze Zeit am Rand der Veranda gestanden hatte, versunken in den Anblick einer Steinlaterne im Garten, um die sich eine herbstlich gefärbte wilde Rebe rankte.

»He, Jinen!«

Der kleine Mönch zuckte zusammen. Er drehte nur den Kopf und blickte herein. Er war ein merkwürdig auffälliges Kind. Sein Kopf war geschoren, was seinen Schädel umso größer erscheinen ließ. Seine Stirn sprang vor. Die Augen lagen tief in den Höhlen und dadurch sah sein Gesicht schmal aus.

»Komm her.«

Jikai winkte ihn herbei. Der kleine Mönch setzte sich langsam in Bewegung, die Borte der Tatami-Matten meidend. Er ging, als ob er gleite.

»Jinen heißt er. Gestern war seine Ordination. Er hält mir den Garten wunderbar sauber. Sie müssen uns, wenn bessere Zeiten kommen, mal im Tempel besuchen.«

Deshalb also war er hergekommen, es war eine Art Ankündigung, dass er sich einen Gehilfen herangezogen hatte. Nansō starrte auf das Profil des kleinen Mönchs mit dem großen, glatt geschorenen Kopf. Da hat er sich einen ziemlich düster aussehenden Gesellen aufgegabelt, dachte er. Es war Brauch, wenn in einem Zen-Tempel ein Novize in den Mönchsstand aufgenommen wurde, diesen dem Vertreter der Gemeinde vorzustellen.

Bald wandte sich der Mönch vom Krankenlager ab und lenkte seine Schritte auf den Flur zu. Da sagte Nangaku wieder mit seiner krächzenden Stimme:

»Meister, ich vertraue Ihnen Sato an. Sie gehört Ihnen!«

Kaum gesagt, schloss er die Lider. Das Reden schien ihm schlecht bekommen zu sein, denn er begann heftig zu husten. Nansō rutschte auf seinen Knien ans Bett und benetzte mit einem feuchten Tuch immer wieder Nangakus Lippen.

Jikai hatte sich umgewandt und schaute zurück. Indem er sich tief verbeugte, blickte er auf Nangaku hinunter, aber da war Nangakus Gesicht schon grasfarben.

»Nun, alles Gute«, sagte er noch. Der Besuch hatte kaum vier oder fünf Minuten gedauert. Jikai strich mit der Hand über den Kopf des frisch gebackenen Mönchs und trippelte geschäftig aus dem Haus der Kishimoto.

Bis zum nächsten Tag sagte Nangaku kein einziges Wort. Bald schnarchte er laut und sein Atem ging rasselnd, bald wurde es plötzlich still, und sein Atem setzte aus. Als er starb, öffnete er seinen Mund ein wenig. Er schien etwas gesagt zu haben, die Schüler betrachteten ihn aufmerksam und spitzten die Ohren – ihnen war, als hätten sie »Sato« gehört.

Die Schüler warfen einen Blick auf die Gattin Hideko an Nangakus Seite. Sie hielt den Kimonoärmel vors Gesicht und begann zu schluchzen. Anscheinend hatte sie nichts gehört.

Die Person namens Sato, die Nangaku vor seinem Tod dem Priester anvertraut hatte, hieß Kirihara Satoko – eine Frau, die Nangaku im Viertel Demachi des Stadtteils Kamigyō im ersten Stockwerk eines Blumengeschäfts aushielt. Die Schüler wie auch der Mönch Jikai wussten über sie Bescheid – sie war in einem kleinen Restaurant im Stadtteil Kiyamachi angestellt gewesen und Nangaku hatte sie, die ideale Gefährtin seiner letzten Jahre, dort herausgeholt. Sie war zweiunddreißig Jahre alt, recht hübsch, ein Typ, den Männer mochten – kleingewachsen und füllig, aber mit schmaler Taille. Weshalb hatte Nangaku diese

Satoko Jikai anempfohlen? Dachte man darüber nach, so gab es dafür gute Gründe.

Kishimoto Nangaku hatte, als er noch bei guter Gesundheit war, weite Reisen nach China und sogar Europa unternommen, doch wenn er sich mit einem großen Auftrag beschäftigte, der seine ganze Aufmerksamkeit erforderte, pflegte er, um zu arbeiten, ein Gästezimmer im Kohōan-Tempel zu mieten. Anscheinend liebte er die Gegend mit ihren Laubwäldern, die sich vom Kinugasa-Berg bis zum Tempel erstreckten, und hatte hier sein Atelier der späteren Jahre eingerichtet. Es war vor zehn Jahren gewesen, als Nangaku einmal einen ganzen Sommer ohne zu arbeiten im Gästezimmer des Kohōans verbracht hatte. Und es war Satoko, die er damals mitgenommen hatte.

»Das sind die Wildgänse, die ich gemalt habe.«

Mit Satoko ging er vom Wohnhaus durch eine Tür aus Sicheltannenholz die überdachte Veranda entlang bis zum Hauptgebäude des Tempels und zeigte ihr die je vier mit Wildgänsen bemalten Papier-Schiebetüren im Altarraum und in den Räumen zur Rechten und zur Linken.

Die Schiebetüren waren mit Gold bestäubt. Eine alte Kiefer mit großem Wurzelstock breitete ihre Äste aus, als kröchen sie weit über einen Teich. Jede einzelne der Nadeln war sorgfältig gemalt. Eine Schar Wildgänse lagerte sitzend oder flügelschlagend auf den unteren Ästen. Eine flog auf, und ihr weißer Bauch glänzte im Abendlicht, während wieder eine andere mit dem Kopf unter den Flügeln unbeweglich dakauerte, als wäre sie ein Teil des knorrigen Kiefernstamms. Auch Jungvögel gab es, darunter solche, die den Schnabel aufsperrten und von der Mutter gefüttert wurden. Diese Gänse – unmöglich, sie zu zählen – waren monochrom in schwarzer Tusche ausgeführt, aber keine glich der anderen. Der Maler hatte mit leidenschaftlicher Hingabe jede Wildgans behutsam gemalt, so dass man glaubte, die Pinselstriche zu hören. Die Gänse sahen aus, als ob sie lebten.

Dies hatte Nangaku im Frühling zwei Jahre zuvor unter Einsatz aller Kräfte gemalt. Und – auch wenn er sich selbst rühmte, so war es ohne Zweifel ein Meisterwerk, dessen er sich nicht zu schämen brauchte.

»Wenn ich gestorben bin, wird der Westen Kyōtos mit diesem Tempel hier noch um eine Sehenswürdigkeit reicher sein.«

Vom Wein berauscht, legte Nangaku seine Hand auf Satokos Nacken und lächelte.

»Man glaubt ihre Rufe zu hören«, flüsterte Satoko verzückt im Halbdunkel der Haupthalle. Und Nangaku fuhr fort, Satokos Nacken zu liebkosen …

Der sterbende Nangaku hatte diesen Sommer nicht vergessen können, und das war der Grund, dass er Satoko dem Mönch anvertraute.

Tatsächlich hatten sie zu dritt im Gästezimmer des Tempels oft Sake getrunken. Jikai war zehn Jahre jünger als Nangaku, aber er glich ihm mit seiner kraftvollen Gestalt und dem mannhaften Aussehen. Auch verstand er sich gut mit Satoko.

»Wenn Sie nur die Haare aus Ihren Ohren zupfen würden!«, sagte Satoko und verengte ihre vom Sake trüben Augen zu Schlitzen, doch Jikai sah die beiden lachend an. In seinen Augen leuchtete Lüsternheit. Jikai hatte keine Frau. Satoko sagte oft zu Nangaku: »Seine Augen machen mir Angst.« Sie wusste, dass er sie begehrte.

Jikai wie auch Nangaku hatten die gleichen Vorlieben. Ob es um Frauen oder Wein ging, sie waren stets ein Herz und eine Seele. Es schien Nangaku zu missfallen, dass Jikai sich nie eine Frau genommen hatte. Denn selbst wenn der Kohōan, ein Untertempel der Tōzenji-Schule, von besonders hohem Rang war – war es nicht ein offenes Geheimnis, dass es sogar im Haupttempel Geliebte gab? In jedem Tempel lebte im Innern der Mönchswohnung verborgen eine Frau. Und gerade ein sinnlicher Mann wie Jikai habe keinen Grund, das Zölibat zu wahren, sagte ihm Nangaku ins Gesicht. Aber Jikai lachte nur schallend und ging nicht darauf ein. Wenn Nangaku eigensinnig darauf beharrte, sagte der Mönch:

»Die Haare scheren heißt auch der weltlichen Lust entsagen. Nun, ist das nicht der Sinn der Zen-Schule?«

Am ersten Gedenktag, dem siebten Tag nach Nangakus Tod, trat Kirihara Satoko in Trauerkleidung, eine Gebetsschnur aus dunklem Achat ums schmale weiße Handgelenk geschlungen, durch das Tor des Kohōan. An diesem Tag war der Himmel bewölkt und der Wind wehte. Der üppig mit jungen Kiefern bewachsene Kinugasa-Berg lag wolkenverhangen, als hätte man ein Tablett darüber gestülpt. Der sanft abfallende Fuß des Berges hatte sich in einen fast völlig entblätterten Laubwald verwandelt, der die rötliche Erde durchblicken ließ, und nur da und dort leuchteten herbstlich gefärbte Ahornbäume flammend auf.

Neben dem Haupttor des Tempels lag eine Seitenpforte mit einer Eisenkette darüber. Als Satoko eintrat, durchbrachen das Trippeln ihrer Sandalen und das Rasseln der Kette die Stille. Derjenige, der heraustrat und sie empfing, war Jinen, den sie zum ersten Mal erblickte. Der kleine Mönch mit dem großen Schädel und den tief liegenden Augen trug einen etwas zu langen gefütterten, blauen Kimono und kniete im gedielten Eingang. Mit den rußigen Pfosten der Küche im Hintergrund sah er merkwürdig erwachsen aus. Satoko sagte verwirrt, vor den Stufen des Eingangs stehend:

»Bitte richten Sie dem Meister aus, dass die Frau aus Demachi gekommen ist.«

»Sehr wohl.«

Jinen entfernte sich sogleich in die Abtwohnung und schon bald waren eilige Schritte aus dem Innern auf dem Flur zu hören und Jikai in seinem weißen gefütterten Kimono und einem schmalen Stoffgurt erschien.

»Nur herein, nur herein.«

Als Satoko den Mönch erblickte, stiegen wehmütige Erinnerungen in ihr auf. Ihr molliger, aber wendiger Körper war wie eh und je, doch ihr Gesicht – war's Einbildung? – schien bleich und abgespannt. Beim Anblick von Satoko konnte Jikai seine Freude nicht verbergen. Er führte sie ins Gästezimmer. Das war für Satoko ein Ort der Erinnerung. Nangakus Trauerfeier hatte in diesem Raum stattgefunden. Es war ein ruhiger Raum, mit Blick über den Teich und den künstlichen Hügel. Satoko legte ihre Hände auf die Matten und sagte mit Tränen in den Augen:

»Es ist lange her …«

Satoko war es versagt geblieben, an Nangakus Begräbnis teilzunehmen. Im ersten Stock des Blumengeschäfts in Demachi hatte sie von seinem Tod erfahren und wusste auch, an welchem Tag die Trauerfeier stattfand, aber sie hatte allein des Toten gedacht, erzählte sie nun.

»Ich möchte bald sein Grab besuchen. Und – zeigen Sie mir bitte auch seine Wildgänse-Malerei«, fügte sie kokettierend hinzu.

Sie wurde in die Haupthalle geführt, und schon erblickte sie auf dem mit Stoff bespannten, eigens für das Begräbnis errichteten Altar die Totentafel mit dem buddhistischen Namen des kürzlich Gestorbenen. Ihr Atem stockte.

SHŪGAKUIN NANTŌIKKEN KOJI

Das war der buddhistische Totenname, den Jikai verfasst hatte. Kishimoto Nangakus Dasein war da verewigt, geschrumpft auf ein Brettchen von knapp einem Fuß Größe.

Satoko zündete ein Räucherstäbchen an. Als der weiße Rauch im etwa zehn Matten großen Altarraum aufstieg und im Raum zu schweben begann, schien es, als fingen die von Nangaku gemalten Wildgänse an, sich zu regen.

Die Gänse waren wunderschön. Der Gedanke überkam Satako, dass Nangaku nun wohl Buddha geworden sei.

In der Mitte der Papiertür im Vorraum zur Linken zogen zwei Wildgänse mit weißen aufgeplusterten Bäuchen Satokos Blicke auf sich. Die eine kauerte in einer Vertiefung der Kiefer und kraulte die andere mit dem Schnabel unter dem Flügel. Lange Zeit blieb Satoko in diesen Anblick versunken. Plötzlich sagte Jikai hinter ihr:

»Na, gehen wir rüber, genehmigen wir uns einen zum Trost.«

Jikai war freudig erregt. Er führte sie zum ersten Mal in eine Kammer von sechs Matten in der Abtwohnung. Hier wohnte er.

Jikai zeigte mit dem Kinn auf den kleinen Mönch, der kniend die Sitzkissen hervorholte, und sagte zu Satoko:

»Der da ist meine stellvertretende Frau, Jinen heißt er. Hat eben erst seine Ordination hinter sich.«

Jinen neigte seinen Kopf unterwürfig, seine tief liegenden Augen blitzten, als er Satoko betrachtete. Doch gleich senkte er, als geniere er sich, seinen Blick und verließ eilends den Raum.

»Wie ich ihn am Eingang zum ersten Mal gesehen habe, war ich verblüfft. Was für ein seltsamer Junge, dachte ich … Wie alt ist er?«

»Nun, dreizehn.«

»Wirklich! Und die Schule?«

»Er besucht die Mittelschule neben dem Daitokuji-Tempel.«

»Und, wird er Ihr Nachfolger?«

Jikai sah Satoko nur an, antwortete aber nicht. Er stand auf, um eine kleine Schiebetür unter dem buddhistischen Hausaltar zu öffnen. Da waren mehrere 1,8-Liter Sakeflaschen zu sehen. Er nahm eine Flasche Sawa no Tsuru heraus. »Heute machen wir die auf.« Wie ein Kind strahlte er übers ganze Gesicht und klatschte in die Hände. Jinen erschien.

»Geh und wärm das auf!«

Jinen verschwand mit der Flasche im Flur. Die Art, wie anstellig dieser Junge ist, passt nicht zu seinem Gesicht, dachte Satoko. Jinen stellte ein Tablett bereit und brachte einen kleinen Sakekrug und Trinkschälchen. Als Satoko Jinens Gesicht zum ersten Mal gesehen hatte, hatte sie gespürt, dass sie sich nur schwerlich mit ihm werde befreunden können. Nun aber, wie sie sich an seinen Anblick gewöhnte, war es sonderbar, wie dieser Junge mit dem großen Kopf sogar liebenswert schien.

»Großartig, wie der Junge arbeitet. Da haben Sie sich einen guten Gehilfen gefunden«, sagte Satoko zu Jikai, als ihr der Wein in den Kopf zu steigen begann.

Satoko hatte lange nichts getrunken. Die Wirkung trat ausserordentlich schnell ein. Die Nacht brach herein. Oft hatten sie zu dritt, zusammen mit Nangaku, die Nacht durchzecht und Satoko war nicht beunruhigt.

»Nangaku hat dich mir anvertraut.«

Als Jikai dies sagte, sah Satoko, dass in seinen schwarzen Pupillen ein Licht glomm.

»Er hat gesagt, ich soll für dich sorgen. Der Mann

wusste genau, dass ich was für dich übrig hab. Du wirst doch zu mir kommen?«

Jikai rückte näher, sein weißer Kimono klaffte auf und entblößte die Knie. Gespannt schien er auf eine Antwort zu warten. Satoko schwieg. Aber gerade ihr Schweigen veranlasste ihn, weiterzugehen. Er stieß das Sitzkissen mit dem Fuß von sich, umklammerte Satoko von hinten und näherte sich, um sie auf den Mund zu küssen. Blitzschnell fuhr es Satoko durch den Kopf, dass sie diesen Tag erwartet hatte. Sie wehrte sich nicht. Der kräftige Körper des Mönchs schob den Saum ihres Kimonos beiseite und presste sich an sie. Satoko öffnete ihre Augen einen Spalt, plötzlich fiel ihr Blick auf den unteren Teil der Tür aus durchscheinendem Papier – bewegte sich da nicht ein Schatten? Sie fuhr auf und stieß den Mönch von sich.

Es könnte Jinen gewesen sein. Und doch war es vielleicht nichts als irgendein unbedeutender Schemen. Doch der Gedanke verblasste schnell und der Mönch drang heftig in sie.

»Du wirst doch kommen«, stieß Jikai immer wieder keuchend hervor. Satokos Gesicht rieb sich an den Tatami-Matten, sie schüttelte immer wieder den Kopf mit dem zerzausten Haar, doch bald wurde ihr auch das zu viel und sie gab auf.

So kam es, dass Kirihara Satoko vom nächsten Tag an im Wohnhaus des Kohōan zu leben begann. Genauer gesagt, sie blieb einfach, wo sie war und kehrte nicht mehr nach Hause zurück. Und so wurde der erste Gedenktag für Nangaku zu Satokos Eintrittszeremonie in den Tempel.

Versucht man die Gründe zu analysieren, weshalb Kirihara Satoko als Konkubine in den Tempel einzog, so war in erster Linie ihre wirtschaftliche Situation ausschlaggebend. Nachdem Nangaku gestorben war, musste sie ihren Lebensunterhalt überdenken. Satoko hatte von den Kishimotos nicht einmal eine fürs Teehaus bestimmte kleine Bildrolle erhalten. Und überdies war die Gattin nicht die Frau, die sich ihr gegenüber teilnahmsvoll gezeigt hätte. Selbstredend gab es auch keine Abfindung. Wie hätte sie eine erwarten können? Nangaku hatte, und das wurde erst nach seinem Tode deutlich, beträchtliche Schulden hinterlassen. In dem Maße, wie er ein ausschweifendes Leben geführt hatte, kamen nun finanzielle Verpflichtungen von unerwarteter Seite zum Vorschein und die Gattin hatte nur mit Müh' und Not wenigstens das Haus an der Marutamachi-Straße halten können. Satoko dachte auch daran, einem Erwerb nachzugehen, aber mit über dreißig Jahren fand man keine Arbeit, außer als Bedienung in einem Restaurant. Dachte sie daran, mit über dreißig Jahren wieder die Plackerei von ehemals auf sich nehmen zu müssen, verließ sie der Mut, und es war ihr überdies zu beschwerlich. Auch argwöhnte sie, dass ihre Kolleginnen sie auslachen würden, wenn sie an den alten Arbeitsort zurückkehrte.

So war der Kohōan für Satoko keineswegs eine schlechte Lösung. Er war nicht nur ein Untertempel mit besonderem Status des Gründertempels der Tōzenji-Schule, sondern hatte auch eine große Gemeinde. Wurde sie Jikais Frau, würde sie vor allem nicht darben müssen. Und dazu brauchte sie nicht mehr zu tun, als dem Sake liebenden Jikai eine Gefährtin zu sein. Nach langer Bekanntschaft war ihr sein Charakter wohl vertraut.

Dazu kam, dass der Kohōan unter den Tempeln Kyōtos Satoko der liebste war. Tag für Tag mit den sanften Hängen des Kinugasa-Berges vor Augen zu verbringen, hatte seinen Reiz, und überdies liebte sie den Garten des Tempels inmitten von Kakipflaumen, Ölweiden und Mispeln über alles.

Und in der Haupthalle gab es die von Nangaku gemalten Wildgänse.

Satoko, die zehn Jahre lang mit Nangaku gelebt hatte, schien sich wie dieser zum Kohōan hingezogen zu fühlen. Dabei kam ihr in den Sinn, dass Nangaku, der für seine Bilder keinen Pfennig verlangt hatte, vielleicht beabsichtigt hatte, sie nach seinem Tod dem Tempel anzuvertrauen. Wenn dem so war, so fühlte Satoko, sollte der Tempel ihre letzte Wohnstätte werden.

Jikai glich weniger einem Zen-Mönch als einem Laien und sie mochte sein jungenhaftes Lachen.

»Du bist mir von Nangaku anvertraut worden.«

Als sich ihr Jikai mit diesen Worten näherte, hatte Satoko, traurig und froh zugleich, ihre Knie zusammengepresst. Aber im Augenblick, da sie ihren Körper Jikai überlassen wollte – was war das für ein Schatten auf der Schiebetür? Satoko fühlte sich unversehens bedroht. Vielleicht war es Jinen gewesen. Doch der Schatten des kleinen Mönchs mit dem großen Schädel entfernte sich bald und entschwand aus Satokos beduseltem Hirn. Von der jugendlichen Kraft Jikais überwältigt und in die harten Matten gepresst, hörte sie das Rauschen des Windes, der über seinen Rücken strich. Was war der Schatten, den sie gesehen hatte? Es sollten Jahre vergehen, bis sie Gewissheit erlangte.

II

Im kargen Laubwald, der sich vom Bambushain hinter dem Kohōan-Tempel bis zum Fuß des Kinugasa-Bergs erstreckte, stand eine einzelne Buche. Dieser Baum hatte weder Äste noch Blätter. Er ragte wie ein riesiger schwarzer Pfahl in den Himmel auf. Sein Wurzelstock war so dick, dass er mehr als zwei Armspannen zu umfassen schien.

Seit einiger Zeit hatte ein roter Milan begonnen, sich auf der Spitze dieses Baumes niederzulassen. Da der Wipfel des Baumes stumpf abgebrochen war, als hätte man ihn abgeschnitten, sah der darauf sitzende Milan mit dem weißen Himmel im Hintergrund wie ein ausgestopftes Tier aus.

Dieser rote Milan aber kreiste hin und wieder über dem Wohnhaus und der Haupthalle des Kohōan. Er drehte gemächlich fliegend seine Runden. Manchmal setzte er sich auf den Endziegel des Dachfirstes, und äugte hinab in den mit weißem Kies bestreuten Garten. Dann blickte er mit stechenden Augen in die Runde.

»Schrecklich, der Milan sitzt wieder auf dem Baum!«, rief Satoko auf den Zehenspitzen stehend von der hinteren Veranda des Wohnhauses.

»Der ist hinter den Karpfen im Teich her. So ein Mistvieh!«, sagte Jikai. Satoko riss ihre Augen mit den geschwollenen Lidern weit auf und sah ihn fragend an.

»Wenn niemand in der Nähe ist, und die Karpfen an die Oberfläche kommen, na, dann stürzt er sich drauf.«

»Was, der Milan fängt so große Fische? Wie kann er die denn wegtragen?«

»Der Milan, der ist schlau, er spießt sie mit dem Schnabel auf, packt sie mit den Krallen und hebt sie hoch. Fliegt auf und lässt sie fallen. Der Karpfen fällt runter auf die Erde und stirbt. Dann trägt er ihn in sein Nest. Unglaublich, der Kerl!«

»Schrecklich! Ja, da müsste man eben ein Netz über den Teich spannen«, meinte Satoko naiv, aber Jikai machte ein Gesicht als wollte er sagen, red' keinen Unsinn, und ging in sein Zimmer zurück.

Satoko langweilte sich. Denn es gab nichts für sie zu tun. Jikai machte die Runde zu den Gemeindemitgliedern, besuchte den Haupttempel und war fast täglich mit Arbeit überhäuft, aber Satoko musste geduldig Tag für Tag in der Wohnung im Innern des Tempels ausharren. Zuerst hatte sie das Leben im Tempel faszinierend gefunden und hatte die für sie neuen Gebäude bis in alle Winkel erkundet, die verrusste Küche, das Empfangszimmer und die Vorrats- und Kleiderkammer, aber als sie sich allmählich daran gewöhnte, schien ihr die Atmosphäre der Räume mit dem hohen Fußboden im Vergleich zu ihrem Sechs-Matten-Zimmer über dem Blumengeschäft kalt und abweisend.

Satokos Sechs-Matten-Zimmer befand sich hinter demjenigen Jikais und hatte nur gerade vier Schiebetüren aus durchscheinendem Papier gegen Süden. Auf drei Seiten war Wand. Satoko hatte in dieses Zimmer einen Kotatsu gestellt, eine rotseidene geblümte Steppdecke, die sie von Demachi mitgebracht hatte, darüber gebreitet und streckte ihre Beine darunter aus.

Wenn Jikai Muße hatte, setzte er sich zu ihr. Jikais Geschlechtstrieb stand in keinem Vergleich zu Nangakus. Dies sei so, glaubte Satoko, weil er seit seinen Tagen als Wandermönch bis jetzt durchweg keusch geblieben war und nun alles, was sich aufgestaut hatte, auszubrechen schien. Tatsächlich begehrte Jikai sie von früh bis spät. Satoko hasste ihn deswegen aber keineswegs. Nangaku hatte sich, wenn überhaupt, viele Nächte damit vergnügt, Satokos Taille und Gesäß zu streicheln und zu betrachten. Nur selten war er, wie Jikai, zur Sache gekommen. Erst als Satoko Jikai kennen gelernt hatte, wurde ihr bewusst, dass Nangaku sie nicht befriedigt hatte. Satoko war, seit sie im Tempel lebte, eine Frau geworden.

Ihre Beziehung zu Jikai verlief ohne jeden Streit, aber womit sich Satoko nicht anfreunden konnte, war der Novize Jinen.

Warum nur konnte Satoko, ehrlich gesagt, Jinen nicht leiden? Nun, in erster Linie sah dieser Junge mit dem großen Kopf und dem kleinen Körper missgestaltet aus wie ein Krüppel. Sein Charakter stimmte aber damit nicht überein, er war ein Junge, der etwas Naives an sich hatte und folgsam tat, wie ihm geheißen wurde. Aber sie konnte seinen düsteren Trübsinn einfach nicht ausstehen.

»Wo haben Sie diesen Jungen nur aufgegabelt?«, fragte sie den Mönch eines Tages, als sie beieinander lagen.

»Ah, der«, sagte der Mönch, »der ist das Kind eines Tempel-Zimmermannes aus Wakasa. Ich habe von ihm gehört, als der Haupttempel umgebaut wurde, habe mich nach ihm erkundigt, und der Mönch des Saianji-Tempels in Wakasa-Hongō hat ihn schließlich hergebracht. Es hieß, er habe gute Zensuren und da habe ich ihn holen lassen, der Junge hat Köpfchen. Mit dem großen Hirn ...«

Tatsächlich, sagte sich Satoko, wenn sein Hirn von dieser vorspringenden Stirn bis zu diesem ausladenden Hinterkopf reicht, dann muss es gewichtig sein und er bestimmt auch sehr gescheit.

»Und die Leistungen in der Mittelschule sind gut?«

»Er hat den ersten Preis gewonnen. Ein anstelliges Bürschchen. Und hat mir eine Urkunde gezeigt, wonach er auch auf dem Land von der Familie Sakai, dem ehemaligen Fürsten von dort, ein Stipendium bekommen hat. Auch in der Grundschule hat er immer den ersten Preis bekommen. Tempel, in denen solche gewitzten Kerlchen einem zu schaffen machen, gibt es viele ... selbst im Haupttempel. Der wird's zu etwas bringen. Sei nett zu ihm.«

Mit diesen Worten nickte Jikai ein und begann zu schnarchen. Es war seine Gewohnheit, sobald er seine Lust befriedigt hatte, etwa eine Stunde lang schnarchend zu schlafen.

Das Kind des Zimmermanns aus Wakasa war demnach mit zehn Jahren von seiner Mutter getrennt worden und in diesen Tempel als Novize gekommen. Selbst wenn Satoko die Familienverhältnisse des Zimmermanns nicht kannte, so konnte sie nicht umhin zu denken, wie denn in aller Welt jemand ein so kleines Kind in einen solchen Tempel schicken konnte. Und so gesehen: Gab es überhaupt Tage, an denen Jinens tief liegende Augen nicht von einem traurigen Schimmer erfüllt waren?, überlegte Satoko erneut. Sie selbst würde wohl nie ein Kind weggeben, ging ihr durch den Kopf.

In der Tat war Jinen einsam im Kohōan-Tempel. Eine gedielte Kammer von drei Matten Größe neben dem Eingang des Wohnhauses war sein Zimmer, in dem nur der hinterste Teil eine Tatami-Matte aufwies, und dort schlief er auf einem Futon mit einem schwarzen Baumwollüberzug, zu Füßen stand sein Weidenkoffer. Das einzige Fenster der Kammer war vergittert und lag so hoch, dass er es nicht erreichen konnte, und durch das täglich nur drei Stunden die Sonne schien. Obwohl das Fenster gegen Osten lag, blieb es in der Kammer dunkel, da das vorspringende Dach des Tempelgebäudes das Licht blockierte. In den Lichtstreifen, die durch das Gitter drangen, saß Jinen und war dabei, das tägliche Pensum des Kannon-Sūtra zu kopieren.

Die Tagespflichten Jinens waren: Morgens um fünf aufstehen. Gesicht waschen. Morgendliche Rezitation der Sūtren. Kochen. Danach, auf dem Boden der Küche eine Binsenmatte ausbreiten und frühstücken. Halb neun Abmarsch, den Bergpfad entlang bis zur Kuramaguchi-Straße. Dann die Senbondōri-Straße entlang bis zur Murasakino-Mittelschule im Westen des Datokuji-Tempels in der Kitaōji-Straße. Diese Schule war ursprünglich unter dem Namen »Hannyarin« von den verschiedenen Zen-Schulen zur Ausbildung der Novizen und jungen Mönche betrieben worden, aber infolge des neuen Schulgesetzes eine Mittelschule geworden, wo auch militärisches Training stattfand. Die Schüler mussten in Uniform und Gamaschen in der Schule erscheinen. Da die Vorgängerin ein Seminar für angehende Mönche gewesen war, wurde auf die durch Ausbildung und Tempeldienst mit Arbeit überlasteten Novizen Rücksicht genommen, und der Unterricht blieb auf den Morgen beschränkt. Verließ Jinen die Schule, kehrte er sofort zum Kinugasa-Berg zurück. Ankunft um ein Uhr. Mittagessen. Ab zwei Uhr Tempeldienst. Tempeldienst hieß putzen. Manchmal Holz spalten. Dazu Unkraut jäten, und wenn der Abort verstopft war, musste er ausgeschöpft werden. Der Dienst endete mit Sonnenuntergang. Sechs Uhr, Rückkehr ins Wohnhaus. Essen zubereiten. Das Nachtessen endete um acht Uhr. Darauf buddhistische Texte kopieren. Schlafen gehen um zehn Uhr.

Wenn Satoko Jinens Leben im Tempel beobachtete, dachte sie unwillkürlich, was für eine harte Angelegenheit die Ausbildung zum Mönch doch sei. Als Kind in einer normalen Familie wäre Jinen in einem Alter, in dem er sich noch bei den Eltern einschmeicheln könnte. Einen derart vorbestimmten Tagesablauf regelmäßig einzuhalten war wohl aufreibend. Es wäre kein Wunder gewesen, wenn er eines Tages Kopfschmerzen gehabt oder sich fiebrig gefühlt hätte und nichts hätte tun können, doch hatten Kinder jemals Unpässlichkeiten? Sie hatte nie gehört, dass Jinen sich je über eine Krankheit beklagt hätte. Dieser Junge, der schweigend seiner täglichen Arbeit nachging, erweckte plötzlich ihre Neugier.

›Wie soll ein solches Leben einem Kind zugute kommen?‹

Bestimmt war die Familie des Tempel-Zimmermanns arm. Denn ein Kind, das sich in eine warme Decke kuscheln kann und von seinen Eltern verhätschelt wird, hätte unmöglich ein derartiges Tagwerk in einem Tempel verrichten können. Als sich Satoko dies überlegte, hätte sie gerne nachgefragt, in was für einer Familie Jinen aufgewachsen war und weshalb er in aller Welt für ein solches Leben dankbar sein sollte.

Es war Anfang März, der Winter war zu Ende, aber der Wind blies noch immer kühl. Satoko trat aus der Abtwohnung, schlüpfte in die Gartensandalen und betrat den hinteren Garten. Jikai war ausgegangen und besuchte Gemeindemitglieder.

Jinen jätete Unkraut auf der anderen Seite des Teichs unter einem Ahorn auf dem aufgeschütteten Hügel. Eigentlich war es unmöglich, dass in dieser Jahreszeit im Haarmoos schon hohes Unkraut wuchs. Aber Jikai war, was den Tempeldienst betraf, unerbittlich. Das Haarmoos mit seinen rötlich braunen Wurzeln färbte sich grün, sobald es zu wachsen begann, aber anfangs März sah es noch braun und welk aus. Zwischen diesen Wurzeln des

Haarmooses aber wuchsen unzählige Pflanzen von der Größe eines kleinen Fingers. Ließ man dieses Unkraut unbeachtet, so vermehrte es sich unmäßig und beeinträchtigte das Moos. Jikai hatte Jinen aufgetragen, noch während des Frühlings diese Pflanzen auszutilgen. Deshalb hieß es in dieser Zeit, sobald Jinen aus der Schule kam: jäten. Da die kleinen Pflänzchen den winterlichen Boden durchstoßen mussten, waren ihre Wurzeln stark. Jinen hatte nicht die Kraft in seinen kleinen Fingern, sie auszureißen und benutzte ein Bambusmesserchen. Er stieß es in den Boden, drückte mit dem Daumen auf die Pflanze, und zog sie, indem er die Wurzeln durchschnitt, eine um die andere heraus. Das Unkraut warf er in den bereitgestellten dickwandigen Behälter von der Größe einer Mandarinenkiste.

Jinen jätete selbstversunken. Das Wasser, das vom Kinugasa-Berg in den Teich geleitet wurde, plätscherte leise. Er schien nicht bemerkt zu haben, dass Satoko in ihren Gartensandalen die Steinstufen des Hügels heraufgestiegen war.

»Jinen«, rief ihn Satoko, vor dem Teehaus stehend, an, »ruh dich ein wenig aus, der Abt ist ausgegangen.«

Satoko legte die zwei Reiskekse, die sie in ihre Ärmeltasche gesteckt hatte, auf die Veranda vor dem Teezimmer.

»Komm mal her!«

Jinen schaute Satoko mit furchtsamem Blick an. Satoko missfiel dieser Blick. Sie hatte erwartet, er werde freudig herbeieilen.

»Nun, willst du nicht kommen?«

Jinen kauerte noch immer da, die Hand auf dem Rand der Unkrautkiste. Unter seiner an den Knien zerrissenen Arbeitshose lugte ein fadenscheiniger Kimono hervor. Bei genauerem Hinsehen war sein Gesicht etwas aufgedunsen. Die Augen waren geschwollen und blutunterlaufen, als habe er geweint. Satoko sah ihn sich genau an, und tatsächlich, er musste geweint haben, beide Lider waren schmutzig, wohl mit Gartenerde befleckt.

»Jinen, du hast doch Sutekichi geheißen, nicht?« Satoko versuchte damit, Jinen ins Gespräch zu ziehen.

»Ja.« Jinen antwortete endlich.

»Sind deine Eltern beide wohlauf?«

»Ja.«

»Bekommst du Briefe?«

»Ja.«

»Komm her, guck da, die Kekse.«

Das Teehaus war ein Gebäude im Sukiya-Stil von sechs Matten Größe, zur Zier auf dem aufgeschütteten Hügel erbaut. Kaum jemals öffnete hier jemand die Tür. Regen- und Tautropfen hatten die verstaubten Schwellen und die Planken der Veranda beschmutzt und Satoko pustete den Staub weg, bevor sie sich setzte.

Jinen kam langsam herauf. Als er nahe gekommen war, schlug Satoko der Kopfgeruch eines verschwitzten Mannes entgegen. Sie gab ihm die Kekse und er musste wohl hungrig gewesen sein, da er sie schmatzend in den Mund schob. Seine Zähne waren weiß.

»Du hast wohl Sehnsucht nach deiner Mutter?«

Kaum hatte Satoko dies gesagt, errötete sie darüber, so

unbedacht daher geredet zu haben. Dieses Kind war in einen Tempel eingetreten, musste seine Mutter vergessen und sich mit Leib und Seele der Ausbildung zum Mönch widmen. Und Satoko, von Scham über ihre Gedankenlosigkeit überwältigt, sagte schließlich zu Jinen, der schweigend seine Kekse aß:

»Ich meinerseits, Jinen, habe einen Vater. Der stellt Pflaster her, sogenannte Weizenstrohpflaster. Er ist jetzt schon ein alter Mann. Aber er fabriziert immer noch fleißig seine Pflaster.«

Satoko schien, Jinens Ausdruck sei über diese Worte etwas heiterer geworden. Sie fuhr fort:

»Meine Mutter ist gestorben. Aber dann bekam ich eine Stiefmutter. Mich hat man schon als ich klein war in Dienste gegeben. Da habe ich viel durchgemacht, aber jetzt kümmert sich der Abt um mich. Als ich noch jung war, da hab ich wie du auch hart arbeiten müssen.«

Jinen hörte, mit den tief liegenden Augen zwinkernd, aufmerksam zu.

»Jinen, du wirst einmal ein Mönch sein. Wie schön! Deine Zukunft ist schon gesichert. Du wirst unter dem Abt deine religiöse Ausbildung machen und darauf in ein Zen-Kloster kommen. Wenn die Ausbildung fertig ist, wirst du Wandermönch sein und dann Abt eines Tempels. Auch der Abt sagt das. Ist doch gut! Weil ich eine Frau bin, geht das für mich nicht. Wie sehr wir uns auch abmühen, für uns gibt es keinen Ausweg, wir werden immer von jemandem abhängig sein.«

Jinen betrachtete regungslos Satokos Gesicht. Und da sie plötzlich verzagt aussah, sagte er schnell:

»Sagen Sie, wie macht man Weizenstrohpflaster?«

»Strohpflaster, nun …«

Satokos Doppelkinn, weiß und glatt wie ein Reiskuchen, wabbelte als sie zu kichern begann.

»Man streicht Kiefernharz auf eine Rinde, legt fünf Strohhalme neben einander drauf, klappt dann das Ganze, schwupps, übereinander wie ein Omelett, und fertig ist das Strohpflaster.«

Auch Jinen lachte. Satoko dachte, dass es wohl das erste Mal war, dass sie Jinens lachendes Gesicht sah.

Satoko war, als sie von ihrem Elternhaus erzählte, unerwartet nachdenklich geworden. Es war ihr ein Rätsel, dass sie just in diesem Moment von Isaburō aus dem Stadtteil Hachijō Bōjō, an den sie kaum je zurückdachte, erzählt hatte.

Mit dreizehn Jahren war sie in ein Restaurant im Stadtteil Gojōzaka zur Arbeit gegeben worden, und sie konnte an einer Hand abzählen, wie oft sie ins Haus in Hachijō zurückgekehrt war. Ihr Vater Isaburō war, wie sie soeben Jinen erzählt hatte, ein unbedeutender Händler mit Pflastern. Er schnitt Bambus- oder Baumrinde in viereckige Stücke, mischte in einem Topf auf dem Herd Kiefernharz und Mehl aus schwarzen Bohnen, strich mit einem breiten Pinsel die zähflüssige Mischung auf das Stück Rinde und darauf legte er nebeneinander auf die Länge eines Essstäbchens zugeschnittene Weizenstrohhalme. Sobald das Harz getrocknet war, faltete er die Rinde mit den Strohhalmen dazwischen zusammen. Darauf klebte Isaburō ein mit einem Holzdruck beschriftetes Japanpapier, worauf geschrieben stand: »Weizenstrohpflaster, hergestellt von Kirihara Saitendō, hilft gegen Prellungen, Schmerzen, Rheuma«. Der Preis betrug damals drei Sen. Es glich den heutigen Pflastern, wie dem Kishinkō-Pflaster oder den Pflastern der Firma Tokuhon, aber der Preis war keineswegs billig. Isaburō legte sie in einen Korb und fuhr mit dem Fahrrad in die Dörfer südlich von Kyōto, Toba, Fushimi und Kuze, um sie zu verkaufen. Satoko war oft gescholten worden, wenn sie in der Werkstatt des Vaters dem brodelnden Harztopf zu Nahe gekommen war. Bis nach dem Tod ihrer Mutter die jetzige Stiefmutter Tatsu kam, hatte sie sich einsam gefühlt und dauernd geweint. Isaburō hatte sie, wenn er ausging, eingeschlossen und Satoko wartete auf ihn im düsteren Innern des niedrigen Mietsreihenhauses in Hachijō.

»Jinen!«, rief Satoko. »Je anstrengender es jetzt ist, umso besser für dich. Gedulde dich nur, und auch du wirst ein großer Mönch werden.«

Als Satoko sich von der Veranda des Teehauses erhob, verfing sich eine Sandale, deren Riemen lose war, zwischen den Steinen und sie stolperte. Ihre Knie spreizten sich, der Kimono klaffte auseinander und entblößte ihr rotes Lendentuch.

Jinen starrte mit aufgerissenen Augen. Satoko drohte zu fallen und richtete sich mit einem Ausruf der Bestürzung auf, zog flink mit einer Hand den hochgerutschten Saum des Kimonos nach unten, aber als sie merkte, dass der Wind über ihre Oberschenkel strich, warf sie unwillkürlich einen Blick auf Jinen. Der Raubvogelblick seiner klaren Augen entging Satoko nicht.

›Dieser Schlingel!‹, fuhr es ihr durch den Kopf. ›Er hat damals also doch geguckt!‹

Aber sie wandte sich ab, ohne etwas zu sagen. Als sie die Steinstufen des Hügels hinunterging, blickte sie noch einmal zurück und sagte:

»Hör schon auf mit der Jäterei, für heute reicht's. Der Abt ist zu einer Totengedenkfeier gerufen worden, er wird bestimmt noch eingeladen und betrunken spät nach Hause kommen. Mach bald Schluss und ruh dich in deinem Zimmer aus.«

Aber Jinen hatte sich schon vom Teehaus entfernt. Nur sein großer Kopf war noch unter den Ästen des Ahorns zu sehen.

III

Die Art der Liebkosungen Jikais Satoko gegenüber blieben gleich, aber sein Verhalten, sein Tun und Lassen begannen sich seit Beginn des Sommers zu verändern. Sein Gesicht leuchtete wie immer von Alkohol gerötet, doch als die Regenzeit vorbei war, verlor es die frische Farbe. Schwarze Ringe zeigten sich in der schlaffen Haut unter den Augen. Die Linie von den außergewöhnlich großen Ohrmuscheln bis zum kräftigen Kinn war sein Stolz gewesen, aber aus den Wangen war der Glanz verschwunden. Unmöglich zu leugnen, dass er mit achtundfünfzig in die Jahre kam. Da in diesem Alter auf Gesicht und Händen Leberflecken zu erscheinen pflegten, hatte er keinen Grund, sich allzu viele Sorgen zu machen, aber in dem Maße, wie er sich stets eines kraftstrotzenden Körpers und eines frischen Teints erfreut hatte, fiel es umso mehr auf, als sich sein Aussehen zu verschlechtern begann.

»Meister, was ist nur mit Ihnen los«, fragte Satoko, die begann, sich Sorgen zu machen.

»Nichts, nichts! Mir fehlt nichts«, tat Jikai die weiblichen Ängste mit einem Lachen ab. »Hast mich eben völlig ausgesaugt.«

Tatsächlich hatte sich Jikai, seit Satoko gekommen war, mit der Vitalität eines Zwanzigjährigen auf sie gestürzt, doch wie konnte dies innerhalb von weniger als einem Jahr zu einer derartigen Veränderung der Gesichtsfarbe führen – ja, es war auch für Jikai selbst, als er im Bade saß, erschreckend, wie aschfarben er aussah. Doch da weder seinen inneren Organen etwas fehlte noch sein Appetit nachließ, nahm er es auf die leichte Schulter.

»Ich bin nun mal eben achtundfünfzig«, sagte er.

Dabei war er sich des Alterns deutlich bewusst, bemerkte aber selbst nicht, dass er reizbar und jähzornig geworden war.

Es waren indessen Satoko und Jinen, die es am eigenen Leib erfuhren. Selbst wenn Jikai Sake trank, war von seiner ehemaligen Ausgelassenheit nichts mehr zu spüren: Er tanzte nun nicht mehr, wie früher, wenn er in Hochstimmung war, nackt, nur mit einem Lendentuch bekleidet, im Zimmer herum, und je mehr er trank, desto tiefer versank er bei genauem Hinsehen in eine trübsinnige Trunkenheit.

›Der Meister hat sich verändert …‹ Satoko, die ihm Gesellschaft leistete, erkannte dies alles deutlich, konnte sich aber keinen Reim darauf machen. Nicht, dass im Tempel etwas Schlimmes passiert wäre. Der Mönch war stets, solange Jinen in der Schule war, damit beschäftigt, Gäste zu empfangen. Er machte die Runde zu den Gemeindemitgliedern und nahm auch regelmäßig an den Andachten im Haupttempel teil. Satoko hatte den Eindruck, er habe unterwegs eine Kränkung erfahren, die er nicht verwinden konnte – doch nichts dergleichen war passiert. Und es war nicht nur Satoko, die seinen Jähzorn zu spüren bekam, sondern vor allem Jinen.

Seit Satoko in den Tempel gekommen war, verrichtete Jinen allein die Morgenandachten und es kam vor, dass Jikai in der Frühe mit Satoko in den Armen schlief oder sie weckte, falls ihn die Lust überkam. Die Haupthalle konnte man von der Abtwohnung aus über einen Flur erreichen, musste aber den weiten Weg über die Gästezimmer im hinteren Teil des Wohnhauses nehmen. Aber in Satokos Kammer war nach fünf Uhr morgens Jinens Sūtren-Rezitation zu hören und das Tönen der Klangschale. Jinens Andacht im Altarraum dauerte etwa fünfundzwanzig Minuten. Man wusste, dass sich Jinens Rezitation dem Ende näherte, sobald die Taktschläge auf Klangschale und Holzblocktrommel schleppend zu werden begannen. In der Haupthalle wurde der Buddha Shakyamuni verehrt. Wenn Jinen das Sūtra vor der Statue beendet hatte, kam er mit der Handglocke den Flur entlang und intonierte dazu das Hannya-shin-gyō. Er schlug die Handglocke kräftig mit einem metallenen Klöppel, der an einer Schnur befestigt war; ihr Ton war viel durchdringender als der der anderen Schlaginstrumente. Jinen ging lautlos den Flur entlang, aber Satoko wusste, dem Klang nach urteilend, genau, wo er sich gerade aufhielt. Er kam, das Hannya-Shin-gyō intonierend, ins Wohnhaus und begann, vor der Statue der Gottheit Idaten in einem mit zwei Matten ausgelegten Schrein in der Vorhalle des Hauses ein Sūtra zu rezitieren. Dies dauerte etwa fünfzehn Minuten. Hierbei benutzte er nicht die Holzblocktrommel, doch da sich der Schrein des Idaten genau auf Jinens Höhe in einer in die Wand eingelassenen Nische befand, rezitierte Jinen das Sūtra stehend. Diese Stimme war in Satokos Zimmer noch deutlicher zu hören. Sobald Jinen das Sūtra für Idaten beendet hatte, zog er die Stola und die Mönchsrobe aus, setzte, nun nur mit dem Kimono bekleidet, Wasser auf und begann zu kochen, aber selbst diese Geräusche weckten Jikai nicht. Satoko allerdings war es lieber, wenn er schlief. Denn es kam bisweilen vor, dass er sie liebte, während Jinen seine Sūtren rezitierte. Der Tempeldienst war zwar Teil der Ausbildung zum Mönch und mochte die Pflicht des Gehilfen sein, aber dass der Abt als Mönch mit einer Frau schlief, während der Gehilfe die Andacht verrichtete, das bedrückte Satoko. Doch Satoko war Jikai zu Willen. Kein einziges Mal hatte sie sich widersetzt. Sie dachte dies nur im Stillen, sagte aber kein Wort.

Es war früh an einem Morgen im Juli, als die schwülen Tage schon andauerten. Jinens Stimme ertönte nicht wie üblich. Und Jikai, der eigentlich hätte schlafen sollen, fuhr an Satokos Seite auf.

Satoko erschrak. Nicht etwa, weil der Abt gegen seine Gewohnheit erwacht war, sondern weil Jinens Stimme nicht zu hören war. Jikai stürzte hinaus und rannte durch den Flur. Satoko spitzte die Ohren und hörte seine Schritte vor dem drei Matten-Zimmer in der Vorhalle des Wohnhauses Halt machen. Sie vernahm Jikais zornige Stimme. Nun hellwach, lauschte Satoko atemlos, doch nach einigen Minuten kam Jikai zurück.

»Der Schwachkopf pennt wie ein fauler Ratz! Ist gar nicht in die Haupthalle gegangen. Hat einfach verpennt«, stieß er verächtlich hervor, schlug die eierfarbene Hanfdecke auf und legte sich neben Satoko.
»Na ja, Jinen ist eben müde, wo er doch jeden Morgen in der Schule exerzieren muss.«
»Exerzieren? Was soll das heißen?«, schrie Jikai und öffnete seine behaarten Ohren weit.
»Aber ja. In der Zeitung steht, dass in allen Mittelschulen Instrukteure postiert werden. Die Schüler exerzieren mit dem Gewehr auf der Schulter, wie Rekruten.«
»Red' keinen Unsinn!« Jikai brüllte so laut, dass Satokos Trommelfell erbebte. »Was soll das, einem angehenden Zen-Mönch Soldatenspiele beibringen? Unverschämte Schule! Eine Frechheit!«
»Das sagen Sie, aber Vorschrift ist Vorschrift, da können auch Sie nichts machen.«
Jikais Zorn besänftigte sich ein wenig.
»So, Vorschrift, was? Wer hat denn so was Hirnverbranntes befohlen? Einem kleinen Zen-Mönch ein Gewehr in die Hand geben, wohin soll das noch führen?«
»Das weiß ich auch nicht. Ich weiß wirklich nicht, wer das befohlen hat, aber die Schüler werden wohl ihren Spaß dran haben.«
»Was babbelst du da?«
»Jinen ist von dem Drill so müde. Kein Wunder, dass er schläfrig ist.«
»Und so einen soll man für den Tempeldienst brauchen können?«

Jikai riss zornig die Augenbrauen hoch. Satoko empfand, als ob die Rüge ihr gelte; zuinnerst aber glaubte sie, dass Jinen es nicht verdiente getadelt zu werden, nur weil er einmal verschlafen hatte. Bestimmt war er völlig erschöpft. Sein kleiner Körper von ungefähr vier Fuß Größe, der einen so großen, schweren Schädel stützen musste, konnte, solange er nicht übermenschlich war, nicht allem – Andachten, Tempeldienst, Schule – gewachsen sein. Satoko nahm Jinen unwillkürlich in Schutz.

»Schon gut, morgen werd' ich ihn anbinden. Ich nehm' ihn an die Leine.«

Jikai schnalzte missbilligend mit der Zunge, und seine Augen mit den tief eingegrabenen Krähenfüßen blickten lüstern auf Satoko; er rückte näher, um an den Bändern ihres Lendentuchs herumzufingern. Es war seine Gewohnheit geworden, sie am Morgen zu begehren. Seine Augen verengten sich immer mehr zu Schlitzen, er schob ihren Kimono beiseite und begann mit seinen kurzen behaarten Fingern an ihren Brustwarzen herumzuspielen.

An diesem Abend, nachdem Jinen seine tägliche Pflicht des Sūtrenkopierens erledigt hatte, kniete er auf der Veranda vor der Abtwohnung.

»Ist es recht so?«, fragte er düster mit kleinlauter Stimme.

Schweigend blickte er durch den Spalt der Papiertüren ins Zimmer, wo Satoko mit hochgezogenem Knie auf dem Futon saß und sich, da es heiß war, Luft zufächelte. Erschrocken schlug sie das Bein unter.

»Was ist los?«, fragte Jikai und wandte sich zur Tür.
»Das da«, Jinen ließ im Türspalt das Ende einer weißen Hanfschnur sehen.
»Gut, gut, so ist's brav.« Jikai ergriff das Ende der Schnur und zog sie bis zum Bettzeug.
»Nun bindest du dir das andere Ende um dein Handgelenk, ja?«, sagte Jikai. Jinen, auf der anderen Seite der Tür, warf im Mondlicht den Schatten eines Zwerges.
»Nun?«, sagte Jikai erneut zu diesem Schatten.
»Jawohl«, antwortete Jinen mit leiser Stimme und verschwand, als gleite er über den Boden. Er zog die Schnur durch den Flur bis zum Wohnhaus. Jikai strahlte in der Vorfreude darüber, dass er am nächsten Morgen an der Leine werde ziehen können, übers ganze Gesicht. Jinen öffnete die Tür des Drei-Matten-Zimmers, führte die Schnur durch den Türspalt und zog sie bis ans Kopfende seiner einen Tatami-Matte. Er fügte das Ende der Schnur zu einer losen Schleife und schlang sie um sein Handgelenk, das noch Spuren blauroter Frostbeulen zeigte, und ließ sich schließlich aufs Bett fallen. Es war ein Zimmer, in dem die Stechmücken unaufhörlich umher schwirrten, sirrend wie der metallene Nachhall des Klangbeckens. Jinen hatte kein Moskitonetz.

Weil die Hanfschnur den Dienst eines Weckers versah, erwachte Jikai am nächsten Morgen außergewöhnlich früh, um Punkt fünf Uhr, und zog an der Schnur. Er zupfte zwei-, dreimal, ruck, zuck!, daran, und die Schnur, die durch den Flur bis ins entfernte Wohnhaus lief, hob sich um drei Millimeter und straffte sich. Bald kam die Antwort in Jikais Hand. Auch Jinen hatte nämlich daran gezogen. Jikais Plan entsprechend, zog Jinen die Leine ein. Dies war das Signal für den alten Mönch, dass er aufgestanden war.

Jikai lächelte, als er die Leine über den Boden gleiten und verschwinden sah.

Grausame Sachen, die der Abt da macht, dachte Satoko bei sich, als sie sah, wie Jinen für sein Verschlafen gemaßregelt wurde, doch verabscheute sie keineswegs Jikais neue Gewohnheit, früh aufzuwachen und sich gemächlich dem Liebesspiel zu widmen. Ihr Körper verlangte nach Jikai. Warum nur glühte ihr Körper so? Sobald der Morgen dämmerte, begann sich vom Unterleib her nach und nach Hitze zu verbreiten, ihre Brust brannte fast unerträglich. Es war sogar schon vorgekommen, dass sie sich von sich aus dem Abt angeboten hatte. Die Klänge, wenn Jinen gleitend über den Flur schritt und die Handglocke ertönen ließ, und die Stimme, mit der er das Sūtra für Idaten intonierte, bildeten einen Wechselgesang mit dem Gemurmel in der Abtwohnung.

Isshin chōrai mantoku enman shāka nyōrai, shinjin shāri honji hosshin hōkai tōba, gātō raikyō, iiga genshin nyūgā ganyū butsuka, jiikogāshō …

Es war Sitte, das Sūtra für Idaten gegen sechs Uhr mit dieser Passage in Versen zu beenden. Mit der Zeit kannte sie Satoko auswendig.

Tatsächlich war Satoko, seit sie in den Kohōan gekommen war, aufgeblüht. Sie hatte auch zugenommen. Ihre weiße, samtige Haut schimmerte noch wie eh und je. Aber sah man sie nackt, hatte sie wohl ihre feste schmale Taille von einst verloren. Der untere Teil ihres Bauches war feist geworden, und begann eine Spur durchzuhängen. Dieser Körper glich angeblich aufs Haar dem ihrer Mutter Rie, die stets an der Seite des Strohpflaster-Herstellers Isaburō das Herdfeuer gefächelt hatte. Rie, die kerngesund hätte sein müssen, starb, als Satoko sechs Jahre alt war an der Cholera. Die Mutter, die tot in einem Bett mit rostigen Eisenbeschlägen im Quarantänekrankenhaus lag, sah, so schien es Satoko, so mollig und frisch aus, als lebte sie noch. Auch sie war füllig gewesen. Hübsch war sie auch gewesen. Satoko hatte ihre Figur geerbt.

Jikai seinerseits hatte seine gesunde Farbe verloren, allein den Beischlaf versäumte er keinen Tag. Satokos Körper schien wie geschaffen dafür, und war der Anlass, dass Jikai einen grenzenlosen Kitzel verspürte, wenn er immer wieder jeden Winkel ihres Leibes, an dem er sich nicht satt sehen konnte, erforschte.

»Zehn Jahre lang wollte dich Nangaku nicht aus den Händen lassen. Jetzt endlich versteh' ich das. Sato! Du bist mein Buddha, meine weltliche Lust!«, sagte Jikai mit sich vor Erregung überschlagender Stimme. Bis zum Äußersten schöpfte er die Torheit aus, aber Satoko schlief, als sei nichts geschehen, auf der Stelle noch für ein Stündchen ein, sobald die Glut der Triebe gelöscht war.

Als die Regenzeit vorbei war, nahte für Jikai O-Bon, als er zu Besuchen der Gemeindemitglieder unterwegs sein musste. Unter diesen gab es tiefgläubige Familien, die jeden Monat am Totengedenktag in den Tempel zu kommen pflegten. Es war Sitte, dass zumindest am sechzehnten August jede Familie die Türen des Hausaltars öffnete und die Sūtrenrezitation des Abts des Familientempels erwartete. Diese Besuche bei den Gemeindemitgliedern fielen auf den fünfzehnten und sechzehnten August. Die Laien riefen die kürzlich und schon lange Verstorbenen zurück, stellten die Totentafeln des Hausaltars in der Tokonoma auf oder aber auf einem gestuften Regal und gedachten der Verstorbenen die sieben Tage bis Jizōbon. Auf Lotosblättern wurden Gurken, Süßkartoffeln, Tomaten, Klöße, Süßigkeiten und Früchte als Opfergaben dargebracht. Das war für kleine Tempel, die von ihren Haupttempeln nicht viel Unterstützung bekamen, die beste Zeit, um die Einnahmen aufzubessern.

Zur Gemeinde des Kohōan gehörten achtundfünfzig Familien. Viele davon lebten im Zentrum oder im Bezirk der Webereien von Nishijin im Nordwesten Kyōtos, aber es war natürlich unmöglich, dass Jikai allein die Runde in alle Haushalte machte. Er hatte eigenmächtig die Mitglieder je nach Status in drei Klassen eingeteilt und schickte Jinen, diejenigen der dritten Klasse zu besuchen. Jinen war gegenwärtig noch im Stadium des Sūtrenkopierens, aber er hatte bereits genügend Sūtren für die Bonfeier auswendig gelernt. Jikai hatte ihn nämlich bis dahin in all diesen Texten mündlich unterwiesen.

Die Sūtrentexte für die Gemeindemitglieder waren hauptsächlich das Hannya-shin-gyō, Daihishin-darani, Shōsai-myō-kichijō-darani, die Butchō-sonshō-darani und das Kannon-gyō-fumonbon XXV. Diese genügten für die meisten Andachten, und Jinen brauchte jetzt nur noch das Kannon-Sūtra zu kopieren und auswendig zu lernen.

Eines Tages schon Anfang Juli hatte Jikai Jinen zu sich in die Abtwohnung gerufen.

»Bald ist O-Bon. Wie letztes Jahr sollst du die Gemeindemitglieder besuchen. Es darf nicht sein, dass das weiße Mönchsgewand schmutzig ist. Hast du es gewaschen?«, fragte Jikai.

»Jawohl.«

»Wie weit bist du gekommen mit der Abschrift des Kannon-Sūtra?«

»Nun, bis *Seison myōsogu*.«

»Lass mal sehen.« Nicht, dass Jikai Grund gehabt hätte misstrauisch zu sein, aber er war neugierig, Jinens Kopie zu sehen.

»Jawohl.«

Jinen rieb seinen Kopf auf der Tatami-Matte, machte, wie er es in der Schule gelernt hatte, rechtsumkehrt, und ging hinaus. Er kam sogleich aus dem Wohntrakt zurück und übergab Jikai ein Heft. Es war ein Heft aus schlechtem Holzpapier, mit einer Papierschnur zusammengeheftet. Auf dem Deckblatt stand: »Myōhōrenge kyō Kanzeonbosatsu-fumonbon XXV, aufgezeichnet von Jinen, Gehilfe, Kohōan«.

»Hm…« Jikai blies, wie immer, wenn er zufrieden war,

die mit Sommersprossen übersäten Nasenflügel auf und blätterte in Ruhe durch das Heft. *Niji-mujin-ni-bosatsu* stand da, Zeichen für Zeichen in Quadratschrift gewissenhaft von Jinen gepinselt.

»Nicht schlecht, nicht schlecht.« Jikai warf einen gutgelaunten Blick auf Jinen. Dann wechselte er das Thema. »Stimmt's, dass du in der Schule exerzieren lernst?«

»Jawohl.«

»Was macht ihr denn da, sag mal.« Jikais Augen leuchteten. Aber auch jetzt blieb Jinen unbeteiligt, nur seine tief liegenden Augen blitzten, als er antwortete.

»Alle haben ein Murata-Gewehr bekommen. Wir lernen Gewehrputzen und wie man schießt.«

»Und ein Instrukteur soll gekommen sein?«

»Jawohl, ein Oberfeldwebel. Er hat drei Goldstreifen auf den Schulterklappen.«

»Und der ist euer Lehrer?«

»Jawohl, er ist wie ein Lehrer.«

»Und dich zwingt man auch, ein Gewehr zu tragen?«

Jinen schwieg eine Weile. Jikai hatte gefragt, weil er sich in diesem Moment in keiner Weise vorstellen konnte, wie Jinen, der kleine, kaum vier Fuß große Jinen, auch wenn von Exerzieren die Rede war, das Gewehr eines Soldaten hätte schultern können.

»Nun, ich hab kein Murata.«

Jikai sah erleichtert aus. Aber Jinen fuhr fort:

»Ich hab einen Karabiner.«

»Einen was?«

»Jawohl, das ist so ein Gewehr, wie es die Kavalleristen

auf dem Rücken tragen. Es ist ein wenig kürzer als das Gewehr der anderen. Aber es kommt mir doch bis zur Achsel«, sagte Jinen und zeigte auf die Schulter seines Hemdes. Er verharrte ausdruckslos und vermied es beharrlich, Jikai anzusehen. Satoko, die dem Gespräch der beiden zugehört hatte, konnte nicht ausloten, was zuinnerst in Jinen vorging, was er sich dachte. Er antwortete zwar auf die Fragen seines Lehrmeisters, sah aber aus, als grüble er über etwas anderes nach. Jinens teilnahmslose Kälte – Satoko hatte sie von Anfang an gespürt. Jikai kauerte da mit offenem Kimonosaum und entblößten Knien und zwischen den Beinen sah man aus dem losen Lendentuch die schwärzlichen Hoden baumeln.

»Meister, Meister, kommen Sie mal zu mir her«, sagte sie, ohne Jinen zu beachten. »Ihre Hauptsachen, Jinen kann alles sehen!«

Als Jikai begriff, was Satoko meinte, entschlüpfte ihm der Ausruf »Ach so, aha« und raffte seinen Kimono zusammen. Auch jetzt zwinkerte Jinen nur flüchtig mit seinen tief liegenden Augen.

›Was für ein verstockter Bengel‹, dachte Satoko, als sie den Gürtel des Abts hinten wieder festband. ›Ein eigenartiger Bursche, keine Ahnung, was der sich wohl denkt!‹

Aber auch Satoko war verblüfft, als sie die Handschrift des Deckblatts des Kannon-Sūtra sah, das vor Jikai lag.

Möglich, dass Satoko von dieser Zeit an begann, Jinen zu fürchten. Da Jikai Jinens Lehrmeister war, mussten die beiden, trotz Jinens beharrlichen Schweigens, sich irgendwie verständigen, dachte sie. Doch Satoko wusste nicht, was sich hinter Jinens Einsilbigkeit verbarg. Umso mehr, als sie sich ausgeschlossen fühlte, wenn Jinen und Jikai miteinander redeten. Es war keine Eifersucht. Sie dachte, er bleibe nur ihr gegenüber verschlossen wie eine Auster und verberge etwas. Jinen seinerseits schien Satoko mit Argusaugen zu beobachten.

Es war eine heiße Nacht kurz vor O-Bon. Satoko hatte die Papiertür ihres Zimmers in der Abtwohnung zur Veranda offen gelassen und lag da, nur mit einem Unterrock bekleidet. Es war zu schwül, um schlafen zu können. Jikai war den ganzen Tag außer Haus gewesen. Er hatte erst Gemeindemitglieder und darauf den Genkōji-Tempel besucht, der zur gleichen Schule wie Jikais Tempel gehörte, hatte mit dessen Abt Go gespielt und war erst nach ein Uhr ziemlich betrunken zurückgekommen. Satoko hatte ihm wie immer die Leibbinde aus gebleichter Baumwolle umgebunden und ein Nachtgewand übergezogen. Jikai machte sich gar nicht erst die Mühe, die Bändel vorne zu binden, schon kam er auf Satoko zu und griff nach ihren Trägern. Da es heiß war, zog sich Satoko, wie der Mönch es liebte, aus. Ihr Körper erglühte wie immer, sie tropfte vor Schweiß. Jikai fuhr mit der Zunge kosend über ihren Unterleib, so dass sie unwillkürlich mit unterdrückter Stimme aufschrie und dabei mit den Beinen ausschlug. Der Mönch hatte sein gerüttelt Maß an Alkohol getrunken und war draufgängerischer als sonst. Wie Jikai sich auf sie presste, sah sie hinter ihm undeutlich einen dunkeln Schatten vorüber huschen und schrak auf. Denn die

Papiertüren standen offen. Die Verandatüren zum Garten waren verglast. Der Mond erleuchtete den Teich und dessen Widerschein ließ die tausend Dachsparren klar hervortreten. Ihr schien, sie habe eine Stimme gehört.

»Meister«, tatsächlich, von der Veranda her rief eine Stimme aus dem Dunkel, »haben Sie gerufen?«

Jikai stieß Satoko unwillkürlich von sich.

»Was ist los?« Jikai band sein Schlafgewand vorn zusammen und lief hinaus. Dort stand Jinen.

»Haben Sie mich nicht gerufen? Die Schnur wurde gezogen.«

»Du träumst wohl! Ich habe nicht gerufen, ich nicht!«, sagte Jikai und brüllte: »Geh zurück schlafen!«

Satoko stockte der Atem. Ihre Beine hatten sich in der Schnur verfangen und daran gezogen.

›Er muss uns gesehen haben‹, dachte sie. ›Dieser Bengel hat uns schon wieder beobachtet!‹

Satoko erinnerte sich an Jinens eingesunkene Augen in seinem großen Kopf. Und ihr Unterkörper, der jetzt hätte wollüstig erglühen sollen, fühlte sich schlaff, und erkaltete kraftlos.

Kaum hatte Jikai die Papiertüren geschlossen, rief er in der Dunkelheit nach Satoko.

IV

Es war am 12. Juli, als ein Lehrer namens Hasunuma Ryōten von der Mittelschule, die sich neben dem Daitokuji in Murasakino befand und die Jinen besuchte, im Kohōan erschien. An diesem Tag lag Jikai unglücklicherweise mit einer Erkältung im Bett.

Jinen öffnete die Tür. Der Besuch des Klassenlehrers ließ ihn erbleichen. Aber er kam nicht darum herum, diesen dem Abt zu melden. Als er ins Zimmer trat, lag Jikai zur Schwitzkur unter einer dicken Decke und ließ nur sein eingefallenes, unrasiertes Gesicht sehen.

»Bring ihn her«, befahl er.

Als Jinen sich zurückzog, trat Hasunuma ein, ein langer dünner Mann um die Vierzig in einer schwarzen Überrobe mit einer violetten gemusterten Satinschärpe darüber, und grüßte höflich. Er kniete, die Hände auf dem Boden, bei der Schwelle nieder.

»Sie sehen, ich bin im Bett. Was wünschen Sie? Nun, bitte, kommen Sie herein.«

Jikais Versuch, mit kräftiger Stimme zu sprechen, endete in einem Hustenanfall. Satoko schloss die Verbindungstür zum hinteren Zimmer, kam an seine Seite und musterte, nachdem sie sich tief verbeugt hatte, Hasunuma gemächlich. Bestimmt war er um Jinens willen gekommen, ahnte sie gleich.

Nachdem Hasunuma Ryōten seinen Tee geschlürft hatte, begann er langsam zu sprechen. Er redete leise im Tōkyōter Dialekt.

»Ich besuche Sie in der Angelegenheit des Schülers Jinen. Was uns Sorge macht, sind die häufigen Absenzen, und deshalb bin ich gekommen, er hat in diesem Semester fünfundzwanzig Tage gefehlt. Falls keine Abwesenheitsmeldung vorliegt, berücksichtigt die Schulleitung das Fehlen jeweils bei der Benotung im Fach »Benehmen«. Fünfundzwanzig Tage in einem Semester fernzubleiben, entspricht einem Drittel aller Schultage. Wenn sein Nichterscheinen Ihretwegen, Herr Abt, oder infolge des Tempeldienstes oder der Gedenkfeiern erfolgt, so möchte ich Sie bitten, fortan eine Entschuldigung abzugeben.«

Angesichts dieser stereotypen Redeweise hatte nicht nur Jikai, sondern auch Satoko große Augen gemacht. Was wollte dieser Mann sagen? Jikai sagte, heftig hustend:

»Was, Jinen soll fernbleiben …? So ein Unsinn! Tag für Tag geht er aus dem Tempel.«

Auch Satoko nickte heftig.

Nun verfärbte sich Hasunuma Ryōtens Gesicht.

»Das heißt, dass der Schüler Jinen eigenmächtig …«

»Jawohl, eigenmächtig. Er verschwendet das viele Schulgeld, das ich bezahle.« Jikais Stimme war laut. »Sato, bring ihn her.«

Satoko zögerte. Sollte sie ihn holen gehen? In der

Anwesenheit des Lehrers – sie kannte Jikai nur zu gut, wenn er schalt; sie fürchtete, das Fieber werde steigen und überlegte sich, ob sie es nicht bleiben lassen wollte.

»Dummkopf! Ich sag doch, du sollst ihn gleich rufen.« Wenn Jikai in Zorn geriet, ließ er nicht mit sich reden.

Satoko ging widerstrebend ins Wohnhaus. Jinen war nicht in seinem Drei-Matten-Zimmer. Sie versuchte es in der Haupthalle, ging rufend die Veranda entlang, Jinen war nirgends. Sie schlüpfte in die Gartensandalen und lief vom aufgeschütteten Hügel zum Teehaus. Unter dem Ahorn jätete Jinen selbstvergessen, die Unkrautkiste neben sich auf dem Haarmoos.

»Jinen«, sagte Satoko, »der Abt ruft dich.«

»Ja«, antwortete Jinen kleinlaut und stand auf.

»Der Lehrer sagt, du sollst ohne Erlaubnis gefehlt haben? Er ist gekommen, sich zu beschweren.« Satoko bemühte sich, dies so sanft wie möglich zu sagen.

Darauf sagte Jinen: »Ich mag das Exerzieren nicht. Wenn ich ein Gewehr herumtragen muss, bin ich ganz erschöpft«, anklagend sah er zu Satoko auf. Die tief liegenden Augen waren feucht. Beide Augenlider waren gerötet.

Er hat wieder geweint, dachte Satoko.

»Magst du das nicht?«

»Ja, wenn ich ein Gewehr herumtragen muss, bin ich gleich todmüde.«

Jinens Augen blickten noch anklagender. Sein flehender Blick ging Satoko zu Herzen.

›Ein Gewehr herumschleppen zu müssen, wenn man

so klein ist, nun, auch wenn's die Vorschrift ist. Die Schule ist wirklich grausam ...‹

»Trotzdem, der Lehrer ist hier und der Abt ist zornig. Willst du nicht bitte kommen?«

»Ja.«

Jinen warf das Bambusmesser ins Moos. Dieses Messer durchbohrte den Boden wie ein Lebewesen und blieb vibrierend stecken.

Als Satoko mit Jinen ins Zimmer des Abts kam, lachten Jikai und Hasunuma vergnügt miteinander, hielten aber abrupt inne.

»Jinen«, der Mönch schlug die Decke zurück und richtete sich auf. »Warum hast du die Schule geschwänzt? Warum hasst du die Schule, die mich so viel kostet? Erklär dich!«

Hasunuma warf schüchtern einen Blick auf Satoko, darauf wandte er sich an Jinen. Dieser bewegte seine mit Pflanzensaft verschmierten und geschwollenen Augen fast unmerklich. Dann sagte er:

»Ich halte das Exerzieren nicht aus. Meister, ich möchte lieber tot sein als exerzieren.«

»Was soll das heißen?« Jikai sah unwillkürlich zu Satoko hinüber und verschluckte die Worte, die er eben hatte sagen wollen.

»Ob du magst oder nicht, Lehrplan ist Lehrplan«, mischte sich Hasunuma ein. »Es wurde bestimmt durch das Erziehungsministerium in den Vorschriften zur Durchführung des Mittelschulgesetzes. Da kommt niemand darum herum. Vom zweiten Schuljahr der Mittelschule an findet der Wechsel von Marschübungen zu Waffenübungen statt. So wurde es beschlossen.«

Hasunuma fuhr fort, wobei es unklar war, ob er seine Worte an Jikai oder an Satoko richtete:

»Das heißt, dem Fach ›Benehmen‹ ist eine Punkteinheit zugeteilt, wer beim Exerzieren fehlt, kann die Schule nicht abschließen. Die Stimme des Oberfeldwebels hat Gewicht in der Notenkonferenz.«

Jinen hob seinen gesenkten Kopf, wandte sich an Jikai und sagte stammelnd:

»Meister, bitte, verlangen Sie, dass ich kein Gewehr zu tragen brauche. Es kommt mir bis zur Schulter, es geht nicht.«

»Aha«, Hasunuma entfuhr ein seltsamer Laut. »Das also war der Grund.« Darauf wandte sich Hasunuma an Jikai.

»Ich sehe oft aus dem Fenster den Zweitklässlern im Schulhof beim Exerzieren zu und tatsächlich ist der Schüler Jinen sehr viel kleiner als die anderen. Er steht ganz am Ende der Reihe. Wenn zum Beispiel die Linie nach links oder rechts schwenkt, dann muss Jinen im Geschwindschritt zwei Mal mehr laufen als die anderen und bleibt zurück. Schaut man ihm zu, kann er einem schon leidtun. Beim Exerzieren in einer Linie können die großen Schüler, die am rechten Flügel stehen, sich natürlich ohne Schwierigkeiten befehlsgemäß nach links oder rechts wenden, aber Jinen, der zuäußerst am linken Rand steht, muss im Geschwindschritt bis zu dieser Linie vorwärts laufen. Umso schlimmer, wenn er ein Gewehr schultert. Nichts-

destotrotz wird er sich eine Zeit lang gedulden müssen. Binnen kurzem wird er größer sein. Nicht?«
Und nun blickte Hasunuma Jinen an.
»Du bist ja ein Mittelschüler, und wenn du den Lehrplan nicht erfüllst, wird nichts draus.«
Satoko hatte schweigend aufmerksam zugehört, aber ihr schien, sie könne Jinens Abneigung nachempfinden. Mit diesem Körper war es ein Ding der Unmöglichkeit, wie alle anderen ein Gewehr herumzutragen. Der Lehrgang der Mittelschule setzte eine Standardgröße der Schüler voraus, doch Jinen war nicht größer als ein Schüler der dritten Klasse der Grundschule.
»In Ordnung, geht in Ordnung!«, rief Jikai laut in diesem Moment.
»Jinen, von morgen an gibst du dir Mühe beim Exerzieren. Sonst verschwendest du das Schulgeld. Wenn du die Mittelschule nicht absolvierst, wirst du kein richtiger Mönch. Verstanden? Gedulde dich, ja?«
Jikai entschuldigte sich bei Hasunuma und legte sich hin. Er schien zu frösteln.
Jinen weinte wieder in einem Winkel des Flurs. Hasunuma Ryōten sah ihm kaltherzig zu. Da habe ich mir ein Problem aufgehalst, sagte sein Gesichtsausdruck. Sinnlos, ihn zu bedauern. Eine Sonderklasse für diesen Jungen einzurichten, war nicht im Budget vorgesehen.
»Ich möchte, dass er sich geduldet, bis er größer ist und die Schule regelmäßig besucht«, sagte Hasunuma, dann verbeugte er sich gegen Satoko und stand auf.
»Verzeihen Sie bitte die Störung während ihrer Krank-

heit. Abgesehen von diesem Problem, gibt es an Jinens Schulleistung nichts auszusetzen. Er ist ein Schüler ohne Tadel. Bitte, halten Sie ihn dazu an, im nächsten Semester nicht mehr zu fehlen.« Nachdem der Lehrer mit dieser stereotypen Rede den Besuch beendet hatte und gegangen war, fieberte Jikai. Er sagte kein Wort mehr zu Jinen.

Satoko hatte Hasunuma in der Vorhalle verabschiedet und ging über die Veranda, die rund um die Haupthalle führte, zurück. Der Teil, wo sich das Hauptheiligtum mit dem buddhistischen Altar befand, ragte hervor, und darunter befand sich eine Abstellkammer. Darin lagen Flaggen für die Segaki-Feiern, Stufenregale für die Jizō-Bon Feiern und andere Geräte wild durcheinander. Als Satoko zu diesem Abstellraum gekommen war, schaute sie nichts ahnend in den hinteren Garten und hielt inne. Denn Jinen stand am Teich und starrte regungslos ins Wasser. Sie hatte vermutet, Jinen beim Jäten auf dem aufgeschütteten Hügel neben dem Teehaus zu finden, doch er stand stockstill auf der Insel in der Mitte des Teichs und fixierte die Wasseroberfläche. Offenbar hatte er Satoko, die auf der Veranda stand, nicht bemerkt. Auf dem Teich schwammen die hellgrünen Blätter der Wassernüsse, da und dort trieb eine stachelige Frucht. Das Wasser plätscherte und hatte wohl ihre leisen Schritte übertönt. Satoko fragte sich, was Jinen wohl beobachte. Vermutlich die Karpfen, dachte sie. Doch plötzlich schwang Jinen seine Hand über den Kopf, holte aus und schleuderte blitzartig etwas ins Wasser. Er hielt seinen großen Kopf gesenkt, während er unverwandt auf einen Punkt blickte. Auch Satoko kauerte sich hin. Sie schaute gebannt von der Veranda aus auf die Wasserfläche. Plötzlich hätte sie fast aufgeschrieen. Ein grauer Karpfen schwamm daher, Jinens Bambusmesserchen steckte in seinem Rücken und durchschnitt das Wasser. Die Blätter der Wassernüsse wurden zerteilt, die Wasserspinnen stoben auseinander. Es war ein großer Karpfen von mehr als einer Elle Länge. Aus dem durchbohrten Rücken quoll rotes Blut. Es floss, ein Rinnsal bildend wie ein roter Wollfaden auf dem Wasser.

Satoko dachte daran, Jinen zu schelten, ließ es aber. ›Der Bengel macht mir Angst. Man weiß nie, was er nächstens tut.‹

Satoko bog leise ab zur Seite der Haupthalle und ging zurück in die Abtwohnung. Jikais Gesicht dampfte vor Schweiß, das feuchte Tuch auf der Stirn hatte sich verschoben, und er schlief schnarchend.

Was sie im Garten gesehen hatte, verschwieg sie. Jinen hatte den Karpfen mit seinem Messer aufgespießt, so legte es sich Satoko zurecht, weil er sich nicht anders zu helfen gewusst hatte, als den Groll darüber, dass der Lehrer hergekommen war, dem Mönch sein Schwänzen zu verraten, an den Geschöpfen des Teiches auszulassen. Jinen war einsam im Kohōan. Er konnte seinem Ärger nicht freien Lauf lassen, es gab niemanden, an dem er sich rächen, mit dem er sich streiten konnte. Er konnte seine Wut nicht herausbrüllen – Jikai würde ihn schnell zum Schweigen bringen. Es blieb ihm nichts übrig, als sich klein zu machen und zu verschwinden. Es gab keinen anderen Weg, als unter dem Ahorn am Fuß des Hügels zu weinen. Satoko fand Jinen bedauernswert. Und, wiederum, tat er ihr über alle Maßen leid und sie versuchte, sich seine Kindheit, als er noch Sutekichi hieß, vorzustellen.

Indessen wusste Satoko nichts Genaues über Jinen, nur, dass er der Sohn eines Tempel-Zimmermanns aus Wakasa war. Es gab für sie nur ein Mittel, sich von der Furcht vor Jinen zu befreien: Sie musste alles über ihn wissen. – Satoko wollte, falls Jikai einmal Zeit hatte, ihn über Jinen und seine Heimat ausfragen. Doch dieser wusste anscheinend auch kaum etwas über seine Herkunft. Der Junge mit dem großen Kopf und der kleinen Gestalt … Mit was für Gefühlen hatte die Mutter, die dieses Kind geboren hatte, es in den Tempel weggegeben?

Satoko hätte diese Mutter gern einmal gesehen. Noch lieber hätte sie mehr über Jinens Leben erfahren, als er noch von der Mutter aufgezogen wurde. War er schon damals, wie heute im Kohōan, einsam gewesen, hatte beharrlich geschwiegen, diesen verbitterten Ausdruck gehabt und nie den Leuten direkt ins Gesicht gesehen? Satokos Neugier konzentrierte sich jetzt besonders auf Jinens Vergangenheit.

Da erreichte sie ganz unverhofft eine gute Nachricht: Ein Brief traf im Kohōan ein. Das war zu der Zeit, als die Bon-Feiern vorbei waren und die Herbstwinde zu wehen begannen. Der Absender war Kida Mokudō, der Abt des Saianji-Tempels in Sokokura, Gemeinde Hongō, Distrikt Ōi, Präfektur Fukui. Adressiert war er, wie es sich gehörte

an das Sekretariat des Abtes Jikai. Satoko konnte das Siegel nicht aufbrechen, doch Jikai, der den Brief las, sagte:
»Sato, der Abt des Saianji kommt zu uns.«
»Kommt er geschäftlich?«
»Nun, er muss den Haupttempel von Amts wegen besuchen.«
»Wo wird er übernachten?«
»Bestimmt im Haupttempel. Denn dort wird er in den Untertempeln viele Bekannte finden – wir brauchen uns in keiner Weise darüber Sorgen zu machen«, sagte er, denn er verstand Satokos Frage in diesem Sinne.
»Meister«, fragte Satoko an seiner Seite, »ist es nicht der Mönch, der Jinen hergebracht hat?«
»Aber ja, das war der Abt des Saianji. Das ist jetzt schon vier Jahre her. Er wird ihn wohl sehen wollen«, sagte Jikai. Auch wenn Jinen nicht sein eigenes Kind ist, so ist er doch der Sohn des Zimmermanns aus seinem Dorf. Der Zimmermann, sein Vater, hatte auf Vermittlung des Abtes des Saianji hier als Zuarbeiter eine Stelle gefunden, als der Haupttempel umgebaut wurde. Dank dieser Beziehung war der Kohōan zu Jinen gekommen.
»Wenn er in dieser Gegend ist, wird er uns wohl besuchen. Er liebt Sake und wenn er kommt, werden wir mit dir zusammen einen Schluck von unserer Medizin nehmen.«
Satoko fieberte diesem Moment entgegen.
Drei Tage dauerte es, bis Kida Mokudō mit großen Schritten anrückte – den Kimono geschürzt, den Saum seiner Robe aus gelber Seidengaze in den Gürtel gesteckt,

die Knie und die haarigen Unterschenkel entblößt –, im Kohōan die Kette der Seitenpforte anhob und eintrat.

Satoko traf ihn zum ersten Mal und staunte, wie viel jünger er war, als sie sich vorgestellt hatte. Er war erst vierundvierzig Jahre alt, hieß es, habe vor vierzehn Jahren seine Studien im Zen-Kloster des Kenninji-Tempels abgeschlossen und sogleich sein Amt im Saianji in Wakasa angetreten. Seine stolz geschwungene Nase und seine breite Stirn gaben ihm ein intelligentes Aussehen. Als Abt versah er gleichzeitig das Amt eines Gemeindeschreibers, und sein sonnenverbranntes Gesicht hatte gleichmäßige Züge. Umso mehr musste sein bäuerliches Auftreten und seine Aufmachung auffallen.

Sobald der Mönch Mokudō in die Vorhalle eingetreten war, erblickte er den Gehilfen Jinen, der ihm zum Empfang entgegenkam und er zeigte unverhohlen seine Aufregung.

»Sute, Sute, groß bist du geworden!«

Jinen, mit den Händen auf den Dielen und kniend, sah wie immer mit ausdrucksloser Miene Mokudōs Gesicht und sagte nur erstaunt:

»Der Mönch aus dem Dorf!«

Er ließ sich nicht anmerken, was für Gefühle in ihm aufstiegen, als er Sutekichi gerufen wurde. Mokudō seinerseits sah Jinen als Sutekichi, der sich abgemüht hatte und erwachsen geworden war. Und er fand auch, Jinen sei reifer geworden.

»Nun Sute, deinen Eltern geht es gut, sei beruhigt«, sagte Mokudō und, vom Eingang her die Abtwohnung im Auge behaltend, wühlte er in seiner Umhängetasche und fischte etwas Viereckiges, in Papier Eingewickeltes und etwas Umschlagähnliches heraus.

»Das da ist von deiner Mutter und das da ein Brief von Kanji – und jetzt pass mal auf«, sagte er, legte seinen Mund an Jinens Ohren, die wie zwei kleine schwärzliche Shiitake-Pilze beiderseits des Kopfes abstanden und flüsterte:

»Und das da ist meine Idee – ein Batzen – ich schenk dir einen Yen.«

Es klimperte in der Tasche. Mokudō drückte dem ausdruckslos knienden Jinen zwei Fünfzig-Sen-Münzen, die er zwischen Daumen und Zeigefinger gegeneinander rieb, in die Hand.

»So, nun geh und sag dem Meister Bescheid.«

Satoko wie auch Jikai waren entzückt über den seltenen Gast. Jikai freute sich wie ein Kind, da jemand gekommen war, mit dem er Sake trinken konnte, und kam ihm bis zum Flur zwischen Abtwohnung und Wohnhaus entgegen.

Kida Mokudō verbeugte sich dreimal, als er das Zimmer betrat. Dreimal grüßte er ehrfürchtig, legte seine Hände auf die Matten und rieb seine Stirn am Boden. Dies schrieb das Zeremoniell der Zen-Tempel vor, denn Jikai war Schüler von Meister Kigakutsu Dokuseki im Tōzenji-Mönchskloster gewesen und hatte von diesem seine Beglaubigung der Erleuchtung erhalten. Kein Wunder also, dass ein junger Abt vom Lande ihn im Rang eines Zen-Großmeisters sah.

Bald wurde das von Jinen zubereitete Mahl aufgetragen, an Sesam angerichteter Lattich und Suppe aus vergorener Bohnenpaste mit Tōfu, und zur Feier des Tages wurde Sake aufgetischt. Auch Satoko saß dabei und servierte.

Satoko begann der Alkohol zu Kopf zu steigen und sie sagte, obwohl sie sich wegen der roten Augenlider schämte:

»Jinen ist groß geworden, nicht wahr?«

»Groß geworden ist er. Dank Ihnen, gnädige Frau, weiß er sich zu benehmen. So ausgezeichnet sind seine Manieren, ich hätt ihn fast nicht mehr erkannt.«

Mokudō verbeugte sich immer wieder, wohl als Dank.

Jikai sagte: »Letzten Herbst ist er ordiniert worden.«

»Tatsächlich.«

»Er hält Beerdigungen und kann auch die Besuche der Bon-Feiern durchführen. Gedenkfeiern kann er ebenfalls. Und die Sūtren hat er fantastisch schnell auswendig gelernt.«

Dann aber wurde sein Ton ernster.

»Die Frage ist nur, ob er die Mittelschule abschließen wird oder nicht.«

»Warum denn?«, Mokudō schaute besorgt drein.

»Nun ja, er sagt, er mag das Exerzieren nicht. An diesen Tagen will er nicht zur Schule. Der Bursche ist ein Problem ...«

Da Mokudō nicht verstand, worum es ging und perplex aussah, sprang Satoko ein und erklärte Jikais Bemerkung. Und Mokudōs Miene verfinsterte sich eine Spur.

»Da! Macht er auch euch Sorgen!«

Aber es war ihm anzusehen, dass er an etwas anderes dachte.

Auch Satoko bemerkte dies. ›Es muss etwas gegeben haben, als der Junge im Dorf lebte ... deshalb ist er so schweigsam. Deshalb ist er so griesgrämig ...‹

Und sie sagte zu den beiden: »Wenn es Ihnen recht ist, würden Sie uns bitte heute Abend von Jinen, als er klein war, erzählen? Wir müssen es wissen. Denn er könnte uns Schwierigkeiten machen, wenn er größer wird.«

Kida Mokudō kippte erst seinen Sake schlürfend hinunter, dann senkte er die Stimme.

»Seltsames Kerlchen, nicht? Wissen Sie, er ist in der Amida-Halle ausgesetzt worden.«

Jikai lächelte, für ihn war es wohl nichts Neues. Aber Satoko erbleichte.

»Sagen Sie, ist das wahr? Meister, haben Sie das gewusst?«

»Ich?«, sagte Jikai und hob, als sei ihm das alles lästig, den Sakekrug. »Nun, weil er ausgesetzt wurde, heißt er ja auch Sutekichi. Na und, was soll's, Sato?«

V

»Die Amida-Halle ist ein kleiner Tempel, am westlichen Rand des Dorfes Sokokura im Tal der Bettler, da finden die Bettler im Winter einen Unterschlupf. In dieser Halle wird ein großes Standbild von Amida-Buddha verehrt, und weil es hin und wieder einige Opfergaben gibt, nun ja, da versammeln sich hungrige Vagabunden, die es auf diese Gaben abgesehen haben ...«

Mokudō geriet in Fahrt und seine Stimme wurde lauter, er behielt aber immer das Wohnhaus im Auge.

»In diese Halle kam auch eine Frau namens O-Kiku, nun, sie mochte zwei- oder dreiundzwanzig Jahre alt gewesen sein. Sie war eine Bettlerin, die jeden Herbst herkam, um Reisklöße zu ergattern und, nun, in diesem Jahr war sie schwanger. Es lag viel Schnee. Sie sagte, sie wolle im Tempel gebären – wissen Sie, das war ein Riesentheater, die Dorfleute schleppten Bettzeug und heißes Wasser herbei, geboren wurde schließlich ein Junge ...«

Satoko lauschte mit weißem Gesicht gebannt der Erzählung Mokudōs.

»Letzten Endes wusste man nicht, wer der Vater des Kindes war. Nun, wohl einer der Jugendlichen des Dorfes oder ein Witwer, hieß es, doch keiner wollte sich dazu bekennen. Was konnte man da tun? O-Kiku war ja eine Herumstreicherin und sobald der Frühling kam, musste sie woanders betteln gehen. Als man sich überlegte, ob nicht jemand dieses Kind aufnehmen sollte, kehrte zufällig Kaku von seiner Arbeitsstätte zurück. Okay, sagte er ohne zu zögern, ich zieh das Kind auf, und befahl seiner Frau O-Kan, sich um das Kind zu kümmern.«

Jikai trank lächelnd Schälchen um Schälchen. Auch er schien interessiert zuzuhören, schielte dabei aber immer wieder auf die Sakeflasche, die an der Wärme stand. Satoko aber wollte hören, wie es weiterging.

»Ja, und was geschah dann?«

»Ja, dann ... Wissen Sie, Kaku hatte ja schon vier Kinder. Dazu brachte er dann noch das Neugeborene. Wenn O-Kan auch die Aufzucht einer so großen Krabbelschar mit links schaffte, selbst mit zwei Säuglingen auf einmal, sagte sie doch, das Kind einer Bettlerin wolle sie nicht.«

»Ja, und was geschah dann?«

»Kaku ist eben ein Mann von Mut und Herz. Am Ende hat er seine Frau überredet und das Kind aufgezogen. Schlimm war nur, dass O-Kiku, na, es war ja Winter, sich in den Lumpen in der Amida-Halle mit dem Baby im Arm herumwälzte und ihm den Kopf im Schlaf zusammengedrückt hat. Vielleicht, weil es kalt war und sie dachte, solange sie Milch habe, dürfe sie das Kind nicht aus den Händen lassen. Ja, und wie sie ihn an sich drückte, während sie schlief, ist der Kopf *so* verformt worden.«

»Ein Kopf wie ein Holzhammer, nicht?«

»Ein Hammerkopf? Wissen Sie, im Dorf haben ihm die Kinder Fregattenkopf nachgerufen, haben ihn ausgelacht. Dabei konnte er was in der Schule, war überhaupt ein braves Kerlchen. Nach einiger Zeit begann er zu sagen, sein Name Sutekichi gefalle ihm nicht, und hat den Vater gebeten, ihn zu ändern, er soll ganz versessen drauf gewesen sein, heißt es.«

Satoko schien nun, sie habe alles begriffen, die unerwartete Wirklichkeit ließ sie erbleichen. Und gleichzeitig lag eine gewisse Ironie darin, dass ihr diese Geschichte Genugtuung verschaffte.

»Was soll's, er ist ja tatsächlich ein Findelkind, heißt also zu recht so, oder nicht, Saianji«, sagte Jikai, der Satokos blasses Gesicht sah, mit schwerer Zunge. Satoko fühlte einen Kloss im Hals.

»Ja aber ...«, Satoko senkte die Stimme, »glaubt er denn, sie sei seine richtige Mutter?«

»Natürlich. Sie hat ihn genau wie die eigenen Kinder erzogen. Sagte nur, ein so kleines Kind mit so einem großen Kopf sei ein Problem ... Er war halt auch der Klügste im ganzen Dorf.«

»Wirklich!«, entfuhr es Satoko. Sie kannte den Ausdruck »Spielball des Schicksals« nur vom Hörensagen – auf Jinen aber traf er zu. Satoko erinnerte sich an Jinens schweigendes Gesicht, als sie einst auf der Veranda des Teehauses gesessen und sie von der Zeit erzählt hatte, da ihr Vater Strohpflaster verkaufte. Die Geschichte ihrer Mühen und Plagen schien ihr nun abgedroschen und banal. Sie hatte Eltern. Aber Jinen hatte weder Vater noch Mutter.

»Und die Bettlerin namens O-Kiku, ist sie nie mehr ins Dorf zurückgekommen?«

Der Abt des Saianji sagte, indem er sich mit der Hand über den Mund wischte:

»Ich hab sie nie mehr getroffen. O-Kan soll rabiat geschimpft haben, wenn sie schon das Kind in gleicher Weise mit den anderen erziehe, betrachte sie es als ihr eigenes, O-Kiku solle nie wieder im Dorf herumstrolchen, möge ihren Reis woanders bekommen. Ja, und von da an ist sie nie wieder erschienen. Weder im Frühling noch im Sommer ist sie wieder betteln gekommen. Nun, auch wenn sie eine Bettlerin ist, so ist Sutekichi halt doch ihr Kind, es ist schon eine traurige Sache.«

Große Tränen kullerten Satoko aus den Augen.

In diesem Augenblick ertönte vom Wohnhaus her das Scheppern der Handglocke: Es war Zeit für Jinen, das Abend-Sūtra für Idaten zu rezitieren.

In dieser Nacht schlummerte Jikai – ganz gegen seine Gewohnheit –, ohne Satoko zu begehren, gleich ein. Doch Satoko konnte keinen Schlaf finden. Denn was sie über Jinens Kindheit gehört hatte, ging ihr nicht aus dem Sinn. All die Gedanken, die sie über ihn gehegt hatte, zerplatzten wie eine Seifenblase. Sein großer Kopf, seine tief liegenden Augen, sein scheeler Blick … Diese abstoßende Erscheinung, die man unmöglich lieben konnte, rief nun in Satoko Erbarmen hervor, ja, zärtliches Mitleid obendrein. Satoko erhob sich leise aus Jikais Futon und verließ die Abtwohnung. Sie wollte sehen, was Jinen in seinem Drei-Matten-Zimmer tat. Vielleicht schlief er schon. Sollte er noch wach sein, wollte sie versuchen, mit ihm zu reden. Lautlos ging Satoko den Flur entlang und stand vor dem Eingang der Kammer. Drinnen brannte Licht. Satoko spähte hinein. Jinen saß auf der Tatami-Matte. Über ein Pult gebeugt, kopierte er ein Sūtra.

»Jinen, bist du immer noch auf?«

Satoko kam näher. Jinen zuckte zusammen und warf einen Blick auf Satoko, doch bald legte er den Pinsel zur Seite und schielte zu ihr auf.

»Jinen, was schaust du so?«

Sie setzte sich neben ihn.

»Jinen.«

Sie fühlte liebevolles Mitleid in ihrer Brust aufsteigen. Unfähig, es zu unterdrücken, schloss sie ihn plötzlich in die Arme.

»Jinen, du Armer, ich weiß jetzt alles«, stieß sie zärtlich, nach Atem ringend hervor. Jinen, dessen Kopf sich an Satokos fülligem weißem Busen rieb, bewegte sich nicht. Seine Augen schienen feucht. Satoko nahm ihn zwischen ihre Knie. Sein nach Schweiß riechender Kopf strich über ihren Busen. Wilde Leidenschaft überkam Satoko. Sie stieß Jinens Gesicht zwischen ihre Brüste und sagte:

»Ich gebe dir alles, was immer du willst. Alles, was ich hab.«

Da plötzlich nahm Jinen seine ganze Kraft zusammen und stieß Satoko zu Boden. Draußen vor der Lattentür kam ein Wind auf, und die Bäume des Gartens rauschten heftig.

Jikais Grippe verschlimmerte sich. Es vergingen zehn Tage nach der Abreise des Abtes Mokudō vom Saianji-Tempel, bis er endlich das Bett verlassen konnte. Als das Laub des Gartens und die Ahornbäume der Berge sich prachtvoll zu färben begannen, kam der zwanzigste des Monats, der Jahrestag von Nangakus Tod.

Die Gattin Nangakus, Kishimoto Hideko, erschien in Begleitung des Schülers Nansō im Kohōan. Es war ein stiller Tempelbesuch, Nangakus gedenkend. Jikai ließ Satoko nicht aus dem Haus, holte Nangakus Totentafel aus dem Lagerraum, und stellte sie auf den Altar, der mit einem Tuch aus Goldbrokat bedeckt war. Er entzündete den Weihrauch im Räuchergefäß und intonierte eine Sūtra, wurde aber hin und wieder von Hustenanfällen unterbrochen. Da der Abt eben erst von seiner Grippe genesen war, sah sein Gesicht für Hideko wie auch Nansō, verglichen mit dem Vorjahr, eingefallen aus, und obwohl rasiert, war es von der Krankheit gezeichnet. Jikai saß im Altarraum auf dem großen scharlachroten Kissen, neben ihm Jinen, auf dem kleineren Kissen des Zeremonienmeisters. Jinen schlug, den kahl geschorenen Schädel wiegend, den Takt auf der Holztrommel mit der Fischschnitzerei; als Jikai mit der Gedenkfeier zu Ende war, schien draußen auf dem eben noch im Schatten liegenden weißen Kiesplatz die Sonne und es wurde hell in der Haupthalle. Nansō ging mit Hideko die Bilder auf den Schiebetüren ansehen.

»Jedes Mal, wenn man sie anschaut, sehen die Wildgänse wie lebend aus.«

Nansō überließ sich dem Gedenken an den Lehrmeister, als er langsam vom Vorraum zur Linken zum Vorraum zur Rechten schritt, die je vier Gemälde auf den Schiebetüren betrachtend, blieb aber plötzlich stehen und fragte:

»Herr Abt, wie lange war der Meister eigentlich hier?«

»Nun«, antwortete Jikai leichthin, die Handglocke von einer Hand in die andere wechselnd und den Kopf zur Seite neigend, »wohl an die zehn Jahre.«

»Zehn Jahre!«

»Hat er sich zehn Jahre lang hier eingemietet?«, unterbrach Hideko. »Sehr schön, der Kohōan, das muss man zugeben. Das hat mein Mann auch immer gesagt.«

Hideko war fünf Jahre jünger als Nangaku und musste etwas über sechzig sein. Ihre runden Wangen waren voller als zu der Zeit, als Nangaku noch gelebt hatte – was hatte das zu bedeuten? Jikai betrachtete das Profil Hidekos, ihr ovales Gesicht mit den großen Nasenflügeln, und sagte:

»Sie haben sich überhaupt nicht verändert.«

Hideko zog ein Taschentuch aus dem Ärmel des Trauer-Kimonos und betupfte sich geschäftig die Stirn. Auch diese Frau kam ursprünglich aus dem Vergnügungsquartier Gion. Nangaku hatte ein zügelloses Leben geführt, aufs Geratewohl Frauen aufgegabelt, sei es in Restaurants, sei es in Geisha-Häusern, sie nach Hause gebracht und sich bald wieder von ihnen getrennt. Alle kamen sie aus zweitklassigen Etablissements. Hideko war Geisha gewesen im »Toyokawa« im Higashi-Shinchi-Quartier südlich von Yasaka. Es war diese Frau, die Nangaku gepflegt hatte und ihm zur Seite war, als er starb. Jikai hatte Hideko schon früher gekannt und er betrachtete sie nun als alte Bekannte.

»Auch Sie, Herr Abt, sehen immer noch gleich aus. Ich freue mich, Sie gesund zu sehen«, sagte Hideko.

Hideko und Nansō verließen die Haupthalle und besuchten danach den Friedhof des Kohōan, der sich am Fuße des Kinugasa-Berges befand. Jinen trug einen Eimer und ein Bündel brennenden Weihrauchs, ging voraus und wies den Weg, eine Rauchfahne hinter sich herziehend. Nansō, die kleine Gestalt Jinens mit dem Kopf wie eine Fregatte vor sich, erinnerte sich an den Tag bevor sein Lehrmeister starb. Er erinnerte sich auch an Nangakus schmerzverzerrtes Gesicht, als er »Sato« geflüstert hatte.

Am Rand des Friedhofs wuchs unter den kleinen Kiefern üppiges Farnkraut. Ging man über das feuchte Laub, das am Boden lag, flogen da und dort Eichelhäher auf. Hideko und Nansō lauschten Jinen, der mit glasklarer Stimme am Grab ein Sūtra rezitierte. Auf dem Grab Nangakus – es war eine Erdbestattung – stand ein großer unbehauener Stein. Auf den eingemeißelten Zeichen – SHŪGAKUIN NANTŌIKKEN KOJI – begann grünes Moos zu wachsen. »*Nanmandabu, nanmandabu*«, intonierte Hideko die Anrufung Buddhas und goss Wasser aus dem Eimer über den Stein.

Nachdem die Sūtren-Rezitation zu Ende war, fragte Hideko, sich zwischen den Gräbern und Grabsteinen durchschlängelnd, den jungen Mönch:

»Jinen, hat der Abt eine Frau?«

Jinen schwieg und schüttelte nur seinen Hammerkopf. Seine tief liegenden Augen durchbohrten Hidekos Brust. Sie hatte das Gefühl, von diesem Jungen zurechtgewiesen worden zu sein. Hideko, in eisiges Schweigen gehüllt, folgte Jinen zurück zum Kohōan.

»Eigenartiger kleiner Mönch!« Dies sagte sie zu Nansō, als sie zum Haus in der Marutamachi-Straße zurückgekehrt waren. Denn ihr Verdruss darüber, dass ihr Jinen nicht geantwortet hatte, verfolgte sie bis nach Hause. »Komischer kleiner Mönch in dem Tempel da!«

Auch Jikai entging nicht der Kritik, doch Nansō hörte nur schweigend zu in der Annahme, Hidekos Bemerkungen seien auf die im Innern der Abtwohnung versteckt gebliebene Satoko gemünzt.

Im Stadtteil Kamigyō, östlich der Kreuzung der Imadegawa- und Senbon-Straße, wohnte Hisama Heikichi, dessen Familie zur Gemeinde des Kohōan gehörte, und die auf Jikais Liste der zweiten Klasse zugeteilt war. Es war am siebten November, als von diesem Haus ein Bote kam und darum bat, die Sūtren zum dritten Todestag des Vaters zu lesen. Nachdem dieser wieder gegangen war, rief Jikai Jinen zu sich in die Abtwohnung und sagte:

»Geh zum Haus der Hisama und lies die Sūtren. Ich muss den Genkōji-Tempel besuchen.«

Jinen nickte schweigend.

»Rezitier die Daihishin-darani und das Segaki. Darauf zelebrierst du die Gedenkfeier und liest das Kannon-Sūtra. Danach genügt das Shōsai-ju.«

Darauf führte er Jinen in die Haupthalle, wo er aus der Schublade des Sekretär-Pults das Totenregister herausnahm und darin den postumen Namen des vor zwei Jahren gestorbenen Hisama Heitarō suchte. Das Register war nach Todesdaten geordnet – ein Verzeichnis der Verstorbenen, ein dickes Heft in einem mit Gold bestäubten Einband, das die postumen Namen mit ihren Ehrentiteln auf -*koji*, -*shinji* oder -*shinnyo* auflistete. Jikai blätterte, nachdem er den Finger mit Spucke benetzt hatte, rasch durch das Heft.

»Da haben wir's. Merk dir diesen Namen gut«, sagte Jikai und zeigte auf eine Reihe chinesischer Zeichen, »da, lies mal.«

»HŌKŌ CHISAN KOJI«, leierte Jinen herunter. Dann murmelte er den Namen einige Male vor sich hin.

Es war nach zwei Uhr, als Jinen den Tempel verließ. Vom Kohōan aus durchquerte er das Wäldchen hinter dem Tōji'in-Tempel und erreichte, vorbei am Tōa-Filmstudio, das Hakubai-Quartier, kam zum Kitano Tenmangū-Schrein, durchquerte das Kamishichiken-Quartier und war gleich in Senbon-Imadegawa. Im Verhältnis zu seiner Körpergröße ging Jinen geschwind – es sah aus, als wolle er sein Minderwertigkeitsgefühl durch Schnelligkeit kompensieren. Vom Kinugasa-Berg bis nach Senbon brauchte er etwa eine halbe Stunde, weniger als ein Erwachsener. Wie er daherkam, im schwarzen Mönchsgewand, mit kurzen trippelnden Schritten, den Kopf nach vorn gebeugt, zog er die Blicke der Stadtbewohner auf sich.

»Guck mal den kleinen Mönch dort, seltsam, nicht?«,

tuschelten sich die Leute zu. Jinen hatte sich daran gewöhnt aufzufallen. Zur Zeit der Bon-Feier besuchte er täglich, am Morgen beginnend, über zehn Haushalte und, hätte er sich etwas aus den Blicken gemacht, hätte er es nicht über sich gebracht, auch nur ein einziges Haus zu besuchen. In die Schule in Murasakino ging er in seiner Schuluniform mit Stehkragen und Gamaschen. Doch den Anwohnern war der Anblick des kleingewachsenen Mittelschülers wohl vertraut. Jinen schritt unverdrossen einher, ohne einen Blick nach links oder rechts zu verschwenden. Er wusste, dass die Leute auf ihn herabschauten und ging deshalb umso schneller.

Das Haus der Hisama war ein Engros-Geschäft mit Malzubehör und ging auf den von der Straßenbahn befahrenen Imadegawa-Boulevard. Nanu, dachte Hisama Heikichi, als er Jinen eintreten sah, denn er hatte Jikai erwartet. Er wusste, dass der Abt die Gemeindemitglieder in Klassen eingeteilt hatte – hieß Jinens Erscheinen, dass seine Familie zurückgestuft worden war? Heikichi hielt Jinen mit saurer Miene auf dem Weg ins Zimmer mit dem Hausaltar zurück.

»Was ist mit dem Abt?«

»Er liegt im Bett«, sagte Jinen nur und trat ein.

Sogleich war seine Stimme zu hören. In einem inneren Zimmer vor dem Altarraum lag Heikichis Bruder. Er hatte Tuberkulose. Der Kranke befand sich in einer fensterlosen, dunklen Kammer und hörte mit weißem Gesicht und geschlossenen Augen Jinens Rezitation zu. Heikichi saß wartend hinter Jinen, ein Tablett mit Keksen und dem in

Papier gewickelten Entgelt neben sich. Als Jinen zum Kannon-Sūtra kam, zog er seine Abschrift aus der Brusttasche, doch da er sich hin und wieder ehrfurchtsvoll verneigte, dauerte die Lesung eine geraume Weile. Heikichi sah dies zwar als besonders sorgfältige Pflichtausübung an, doch schien ihm die Lesung – im Gegensatz zu Jikais Rezitation – unbefriedigend und wertlos. Denn da war der Kranke, und das Geschäft musste auch beaufsichtigt werden. Heikichi war ungeduldig und gereizt.

Endlich war das Sūtra beendet, Jinen schlug die Klangschale an und wandte sich um. Der Kranke im Inneren des Zimmers regte sich ein wenig. Jinen sah gebannt dorthin. Von Jikai hatte er gehört, dass der Bruder Heikichis schon zwei Blutstürze gehabt hatte und vom Arzt aufgegeben worden war. Dieser Heizaburō schnarchte laut. Es tönte, als gurgle der Wind durch seinen Hals. Doch das hörte sogleich wieder auf.

»Er ist schon den dritten Tage ohne Bewusstsein«, sagte Heikichi resigniert, die Hände im Schoß. Seine Frau war wohl ausgegangen, sie war nicht zugegen. Jinen starrte auf den mageren, etwa Vierzigjährigen unter seiner grauen Futondecke inmitten von Farbdosen, das leblose Gesicht zur Decke gerichtet und sagte plötzlich, als sei ihm etwas in den Sinn gekommen.

»Der Meister sagt, er wolle wieder auf Pilgerfahrt gehen.«

»Der Abt?«

Heikichi traute seinen Ohren kaum – war das ein Witz? Er war nicht nur ein tiefgläubiger Mensch, er wusste auch von seinem Vater, dass der ehrwürdige Mönch Jikai sogar in der Tōzenji-Schule über den Rang eines Zen-Großmeisters verfügte. Der Kohōan war ein ranghoher Untertempel des Haupttempels. Zwar kamen keine Besucher wie in den Kinkakuji- und Ginkakuji-Tempel, doch war er, zusammen mit dem Ryōanji- und dem Tōji'in-Tempel einer der geschichtsträchtigen Tempel am Fuße des Kinugasa-Berges und vom ehrwürdigen Mönch und Landesmeister Musō gegründet worden. Mit Recht war man stolz auf seine hohe Stellung. Was aber hatte es zu bedeuten, wenn dessen Abt Jikai sagte, er wolle wieder das Leben eines Wandermönchs führen?

»Heißt das, er will sich weiter ausbilden? Studieren?«, fragte Heikichi Jinen, denn so legte er sich Jinens Bemerkung zurecht. »Was wird dann aus Ihnen, junger Mönch?«

»Ich nehme an, ich werde die Mittelschule bald abschließen und möchte dann in ein Zen-Kloster eintreten.«

»Wirklich. Das Leben in so einem Kloster ist auch ganz schön mühsam. Wenn man sieht, wie die Mönche trotz der Kälte von Haus zu Haus betteln gehen und meditieren müssen – da können sie einem schon Leid tun. … Die Ausbildung zum Mönch ist wirklich hart!«

Ausbildung zum Zen-Mönch hieß für Heikichi – sofern man sich in einem Kloster oder als Wandermönch religiöser Übungen befleißigte –, automatisch die Erleuchtung erlangen und Abt werden. Dass Jikai sich fortan solchen Übungen widmen wolle, und was für eine Ausbildung er im Sinne haben könne, überstieg Heikichis Verständnis.

»Wenn Sie zurück sind, richten Sie dem Abt die besten Grüße aus.«

Heikichi begleitete Jinen hinaus, rief ihn aber entschlossen, als er eben aus dem Haus und auf die Strasse treten wollte, noch einmal zurück, beugte sich zu ihm hinab und sagte ihm ins Ohr.

»Mein Bruder wird uns bald verlassen. Wenn er gestorben ist, möchten wir euch bitten, das Begräbnis für uns auszurichten. Empfehlen Sie uns dem Abt und richten Sie es ihm aus.«

Jinen hatte seine ausdruckslosen Augen auf den Asphalt der Straße geheftet. In diesem Moment fuhr der Karren eines Händlers vorbei, der geröstete Süßkartoffeln feilbot.

Jinen lauschte dem lang gezogenen Ruf »*yakimōō*«. Dann ging er hinter dem Wagen her. Kurz vor der Kreuzung der Imadegawa- und der Senbon-Straße befand sich das Geschäft eines Messerschmieds namens Kikukawa Metallwaren. Im Laden saß die etwa dreißigjährige Chefin. Sie staunte nicht schlecht, als hinter dem Wagen des Kartoffelverkäufers der große Kopf eines kleinen Mönchs hervorragte. Jinen blieb vor dem Geschäft stehen. Küchenmesser, Sicheln und Scheren lagen auf den Gestellen. Ihre Scheiden blitzten in der untergehenden Sonne.

»Kommen Sie nur herein!«

Sie wusste gleich, dass der Mönch ein Kunde war. Ihr geübtes Auge hatte erkannt, dass Jinen im Sinne hatte, etwas zu kaufen.

»Das da«, sagte Jinen leise und zeigte auf ein kleines

Klappmesser der Marke »Higo no kami«. Er wird es wohl als Bleistiftspitzer brauchen, dachte die Frau.

»So, das macht dreiundzwanzig Sen.«

Jinens Augen blitzten kurz auf. Er schien sich etwas zu überlegen. Er steckte seine Hand in die Umhängetasche. Bald zog er eine Fünfzig-Sen-Münze heraus. Es war das Geld, das ihm der Abt des Saianji-Tempels gegeben hatte.

Gegen Abend stand Satoko auf der hinteren Veranda der Haupthalle, in den Anblick der Berge versunken. Jikai war vor einiger Zeit in den Genkōji-Tempel zu einer Partie Go aufgebrochen. Zuvor, gleich nachdem Jinen nach Imadegawa gegangen war, hatte Jikai die Abtwohnung betreten und Satoko entkleidet. Es war nur zu verständlich, dass er nach seiner langen Krankheit nach ihr verlangte, und auch ihr Körper hatte nach der Zeit der Enthaltung bald zu glühen begonnen. Jikai schwitzte mehr als sonst, kam bald zum Schluss und zog Satoko ihren Kimono wieder über. Er selbst wechselte in einen weißen Ausgangskimono. Obwohl es sonst üblich war, dass Satoko ihm Kimono und Übergewand aus der Schublade der Truhe reichte, hatte Jikai diesen geflissentlich selbst geholt.

»Sieh mal an, Zeichen und Wunder!«, sagte Satoko scherzend.

Sie war dabei, einen Handspiegel haltend, ihre zerzausten Haare zu ordnen. Warum nur hatte Jikai, ausgerechnet an diesem Tag, die Truhe geöffnet und sich selbst angekleidet – das tat er sonst nie, sinnierte sie befremdet. Doch sogleich dachte sie, es habe wohl nichts zu bedeuten. Jikais Umarmung war heftig gewesen. Normalerweise hielt er inne und zügelte seine Leidenschaft, wenn sie »Sie bringen mich noch um« klagte. Vielleicht hatte er sich aus Rücksicht auf ihre Erschöpfung selbst angezogen, so legte sie sich alles zurecht.

Besuchte Jikai den Genkōji, wurde es ausnahmslos spät, denn es wurde Sake aufgetischt.

Satoko betrachtete von der hinteren Veranda aus den schon winterlichen Kinugasa-Berg. Sie liebte diesen Anblick über alles. Sie erinnerte sich, wie auf dieser Veranda, genau an diesem Ort, Kishimoto Nangaku die Schönheit des Berges gepriesen hatte, während er ihr Ohr liebkoste.

Wie viel Zeit auch vergehen mochte, auf diesem sanft gerundeten Berg gediehen keine Schwarzkiefern. Nur kleine rotstämmige Fichten stiegen bis zur höchsten Kuppe. Der Fuß, von frühen Nebeln umwallt, neigte sich sanft, spärlich bewachsen mit immergrünen Bäumen oder nun schon kahlen Laubbäumen.

Satoko betrachtete die einzelne Buche. Eben saß der Milan darauf. War er schon immer dahin gekommen? Ihr schien, dass der Vogel schon vor zehn Jahren, als sie sich mit Nangaku im Tempel aufgehalten hatte, ebenso dort gesessen und in den Garten des Tempels geäugt hatte. Sie sah zu, wie er aufflog und langsam seine Runden drehte. Doch bald setzte er sich wieder auf den Wipfel des Baumes. Unbeweglich saß er da.

Von der Eingangshalle her waren Schritte zu hören. Es war Jinens gleitender Gang. Satoko stand auf der Veranda und musterte in Gedanken versunken den Berg, ohne auf

Jinen zu achten. Jinen trug über einer schwarzen geflickten Hose sein Arbeitshemd. Das Hemd, über und über mit Baumwoll-Flicken übersät, hatte schon der Abt als junger Mönch getragen. Der Zwirn, womit die Flicken aufgenäht waren, bildeten ein Linienmuster wie ein gesteppter Judo-Anzug.

»Jinen, bist du schon wieder zurück?«, rief ihm Satoko zu.

»Guck mal, der Milan.«

»Der Milan?«

Jinen sah zum Berg hin und sagte dann, ganz gegen seine Gewohnheit: »Wissen Sie, was der dort macht?«

»Was der dort macht? Der sitzt einfach da und macht nichts.«

Satoko schniefte belustigt. Sie warf einen Blick auf Jinen, der gesprächig war wie sonst nie. »Was der dort macht? Ja was soll er denn machen?«

»Der Milan hat dort sein Lager.«

Seltsame Dinge sagte der Junge, dachte Satoko.

»Was soll das heißen, sein Lager?«

»Wissen Sie, zuoberst auf dem Baum ist ein großes Loch. Eine dunkle Höhle wie ein Gefäß. Auf dem Schulweg bin ich da einmal hochgeklettert.«

»Hochgeklettert!«

Als Satoko von dieser düstern Höhle hörte, überrieselte es sie kalt. Am liebsten hätte sie sich die Ohren zugehalten. Aber sie konnte sich nicht helfen, sie musste Jinens naives Geplauder anhören.

»Wenn man da raufsteigt, sieht man ein Loch wie ein

Gefäß. Stockfinster ist es darin. Wenn man ganz genau hinsieht, bewegt sich etwas in der Tiefe. Da wimmelt es nur so von Schlangen und Mäusen und Fischen. Schlangen sind da, rote und weiße. Alle hat der Milan auf dem Boden halb tot gemacht und sie dann im Schnabel ins Nest getragen.«

Das hieß, es war die Vorratskammer des Raubvogels. Zuoberst auf dem faulenden Baum hatte er Futter angehäuft und starrte, unbeweglich dasitzend, darauf. In der Tiefe des höhlenartigen Lochs hortete er zahllose krepierende Mäuse und Fische. Dazwischen wanden sich halbtote Schlangen.

»Hör auf, hör auf, das ist ja fürchterlich!«

Satoko schloss die Augen und schrie. Ihre Stimme hallte durch die herbstlich gefärbten Äste und echote vom Berg. Als sie sich wieder gefasst hatte, war Jinen nicht mehr da. Er war verschwunden, nur sein Kopf bewegte sich hinter dem aufgeschütteten Hügel.

Satoko schloss sich an diesem Abend nach dem Essen in einem Zimmer der Abtwohnung ein, doch was Jinen erzählt hatte, ging ihr nicht aus dem Sinn. Das Bild der Schlangen, die in diesem Loch wimmelten, hatte sie verfolgt, und ihr den Appetit verdorben. Plötzlich hatte sie sich während des Essens in eine Reisschale übergeben, aber der Anblick des Erbrochenen ekelte sie umso mehr.

›Widerlich, was der Bengel erzählt!‹

Sie zog sich in ihr Zimmer zurück, blätterte in Zeitungen und Zeitschriften, aber das Bild des Raubvogels bedrängte sie.

Warum nur hatte ihr Jinen das alles erzählt? – was in jener Nacht geschehen war, musste in ihm etwas ausgelöst, ja, die Lust geweckt haben, sie zu quälen, dachte sie. Und Satoko bereute zutiefst die Tollheit jener Nacht. Das hätte nicht geschehen dürfen. Nie, nie wieder würde sie so etwas tun, schwor sie sich.

Mitternacht war schon vorbei, doch Satoko konnte nicht schlafen. Wenn nur der Meister da wäre, dachte sie, einsam und allein. Nach Mitternacht kam ein Wind auf. Die Hintertür begann zu knarren. Da der Kinugasa-Berg niedrig war, war das Wäldchen hinter dem Tempel dem Wind unmittelbar ausgesetzt, so dass die Bäume sich bogen.

Ein Uhr, zwei Uhr. Satoko hörte die Uhr drei schlagen. Jikai war nicht gekommen.

Von diesem Tag an blieb Kitami Jikai aus dem Kohōan verschwunden. Diejenige, die ihn zuletzt gesehen hatte, war Satoko. Sie hatte zugesehen, wie er nach dem Liebesspiel die Schublade der Truhe geöffnet und sich umgezogen hatte. Das war alles.

VI

Am achten November ereignete sich vieles innerhalb und außerhalb des Kohōan. Jikai war nicht zurückgekommen: Satoko hatte rasende Kopfschmerzen und ließ ihren Unmut mit eisigen Blicken an Jinen aus. Bisher war Jikai, wie spät es auch sein mochte, immer zurückgekehrt. Selbst wenn er die Gemeindemitglieder besuchte und dabei zum Trinken eingeladen wurde, kam er spätestens um zwei Uhr nach Hause. Falls er über Nacht ausblieb, kündigte er es vorher an. Als er nun nicht kam, hatte Satoko das Gefühl, es müsse etwas geschehen sein. Doch wäre ein Unfall passiert, hätte sie der Abt des Genkōji-Tempels bestimmt benachrichtigt. Selbst wenn Jikai, der ja ein starker Trinker war, irgendwo einen Gehirnschlag erlitten und gestürzt wäre, hätte das Krankenhaus oder ein Passant sie informieren müssen. Es wurde Mittag, doch von nirgendwo kam eine Nachricht.

»Jinen, was hat der Meister zu dir gesagt, als er ging?«

Satokos Rede war barsch geworden.

»Ich weiß nicht. Er hat mich zur Haupthalle gerufen, und hat vom Zen-Kloster erzählt.«

»Wann?«

»Nun, bevor ich zu den Hisamas ging, um die Sūtren zu lesen.«

»Und was hat er sonst noch gesagt?«

»Er hat gesagt, wenn man Wandermönch werden will, dann gibt es eine Übung namens *tangazume*. Man muss sitzen und durchhalten, bis man ins Innerste vorgelassen wird.«

Seltsam, was Jikai erzählt hatte. Satoko erinnerte sich, abends im Bett von seinem Leben im Zen-Kloster gehört zu haben.

»Ist das alles?«

»Er hat mir den Totennamen von Herrn Hisama beigebracht.«

»Und dann?«

»Ich soll die Daihishin-darani und das Segaki lesen und dann das Kannon-fumonbon aus dem Kannon-Sūtra, und ich könne dafür meine Abschrift benützen. Um zwei Uhr bin ich gegangen, sonst weiß ich nichts.«

Die tief liegenden Augen in der vorspringenden Stirn richteten sich blitzend auf Satoko. Abermals war sie wie gelähmt, von seinen Blicken durchbohrt. Gestern, nachdem Jinen gegangen war, hatte sie Jikai entkleidet und sich mit ihr vergnügt. Wieder hatte sie den Eindruck, Jinen habe zugesehen.

›Unsinn! Dieser Junge ist nach Imadegawa gegangen und hat seine Sūtren gelesen. Zu der Zeit waren der Abt und ich allein. Niemand weiß etwas.‹

Jinen starrte sie an, als habe er ihre Gedanken erraten.

»Nun, sei so nett und geh doch bitte mal zum Genkōji-

Tempel und frag, was der Abt nach dem Go-Spiel vorgehabt hat.«

»Jawohl.«

Jinens Gesicht zeigte kaum Erregung, er verließ das Zimmer. Er schien sich für den Ausgang bereit zu machen. Die Kette über der Nebenpforte rasselte und in der Vorhalle hörte man Schritte.

Hisama Heikichi stand da. Sobald Jinen auf der Diele niedergekniet war, sagte Heikichi:

»Ist der Abt da?«

»Er ist ausgegangen«, antwortete Jinen.

»Wohin ist er gegangen? Übrigens, besten Dank für gestern!«

Heikichi verneigte sich und fuhr fort:

»Mein Bruder ist gestorben. Plötzlich, heute früh. Ein schöner Tod. Morgen Nachmittag möchten wir das Begräbnis ausrichten. Ich ersuche Sie darum. Richten Sie das dem Abt bitte aus.«

Heikichi schien etwas beunruhigt, nicht den Abt selbst getroffen zu haben, doch offenbar lag ihm sein Haus in Imadegawa, so plötzlich in Unordnung geraten, am Herzen. Er wandte sich hastig zum Gehen, machte aber gleich wieder kehrt und sagte:

»Ja, und richten Sie dem Abt aus, dass wir bitte gern ein Begräbnis zweiter Klasse bestellen möchten.«

Darauf verbeugte er sich und ging.

Jinen sah ihm nach, bis hinter ihm der Gewichtstein an der Kette über der Tür herunter polterte. Dann kam er wieder in die Abtwohnung.

»Der Bruder von Herrn Hisama ist gestorben. Heute morgen soll's gewesen sein. Sie haben die Beerdigung für Morgen bestellt.«

Satoko warf ihm einen stechenden Blick aus den Augenwinkeln zu.

»So? Und was hast du, Jinen, da geantwortet?«

»Er hat gesagt, er möchte gern ein Begräbnis zweiter Klasse, und so hab ich gesagt, ich werde es ausrichten, wenn der Meister zurückkommt.«

Jikai war verschwunden. Satoko hatte befürchtet, Jinen habe es womöglich ausgeplaudert, doch als sie sah, wie gelassen er blieb, war sie erleichtert.

»Dann ist es ja gut. Da wir nun ein Begräbnis haben, erklärst du dem Abt des Genkōji die Umstände.«

Noch war Satoko unbesorgt. Sie nahm an, Jikai schlafe irgendwo.

»Dann gehe ich jetzt.«

Satoko sah ihm nach, wie er gehorsam den Kohōan verließ und mit seinem trippelnden Gang hinter den Teepflanzungen des Tōji'in-Tempels verschwand.

Jeder Zen-Tempel gehörte einer Gruppe affiliierter Tempel an, die eine Art Brüderschaft bildete. Zur Schule des Tōzenji-Tempels mit Hauptsitz im Osten der Kreuzung Karasuma-Kamidachiuri gehörten zwölf separate Tempelkomplexe innerhalb des Bezirks des Haupttempels, darunter der Keishun-, Shunkō-, Gyokuhō-, Genshō-, Rinsen-, Kōmyō-, Fukō- und Gazan-Tempel. Alle diese Tempel hatten eigene Äbte, die sich mit dem Haupttempel die Verwaltung teilten sowie an den Begräbnissen und Feierlichkeiten, den hohen, nur alle fünfundzwanzig oder fünfzig Jahre stattfindenden Gedenkfeiern und den Buß-Andachten teilnahmen. Außer diesen gab es affiliierte Tempel in der Stadt außerhalb des Bezirks des Haupttempels, angefangen beim Jukaku-, dem Rokuonji-, Sōkaku- und Jigenji-Tempel; zu diesen gehörte auch der Kohōan. Zu der Zeit, als es verboten war, die Tempelämter zu vererben, wurden gemäß der Vorschrift über die Ein- bzw. Absetzung der Verantwortlichen zuerst die affiliierten Tempel einberufen, die Angelegenheit danach vom Verwalter des Haupttempels, dem Patriarchen der Schule sowie den ehrwürdigen Zen-Meistern diskutiert und deren Beschlüsse veröffentlicht; zu den affiliierten Tempeln des Kohōan zählten der Genkōji, Zuikōin, Myōhōji, Myōchi'in-Tempel und andere.

Der Genkōji befand sich nicht innerhalb des Bezirkes des Haupttempels, sondern in einem Wohnquartier längs des Flusses östlich der Kreuzung der Shimodachiuri- und Onmae-Straße; die Haupthalle und das Wohnhaus standen getrennt und lagen beschaulich und versteckt hinter einer überdachten eierschalenfarbenen Mauer.

Der Abt Uda Sesshū war im gleichen Alter wie Jikai. Auch Sesshū hatte seine Ausbildung im Zen-Kloster des Tōzenji durchlaufen und war ein Weggefährte Jikais. Da auch er gerne Sake trank, besuchten sie sich oft. Wenn Jikai »Muße« hatte, ging er zu Fuß vom Kinugasa-Berg nach Shimodachiuri-Onmae, um Go zu spielen.

Am Nachmittag des achten November trat der junge Mönch und Gehilfe Jinen vom Kohōan durch die Pforte des Genkōji, durchquerte den Garten, an den Schrittsteinen zwischen den Sazanka-Kamelien entlang gehend, und als er die Tür der Vorhalle öffnete, war der Abt Sesshū eben dabei, sich auf der besonnten Veranda den Kopf zu scheren. Der junge Mönch und Gehilfe Tokuzen kam zum Empfang. Er stieg auf die Veranda, wo der Abt sich aufhielt, kniete sich nieder und sagte:

»Jinen vom Kohōan ist gekommen. Er fragt, ob der Abt gekommen sei.«

»Der Abt Jikai zu mir?«

Sesshū entfernte seine von Seifenschaum nasse Hand mit dem Rasiermesser vom Hinterkopf und sagte:

»Seltsam …«

Jikai war in letzter Zeit nicht hierher gekommen. Obwohl er ihn zu einer Partie Go eingeladen hatte, war er nicht erschienen.

»Jinen ist da, sagst du?«

»Jawohl.«

»Bring ihn her!«

Sesshū stieg über den Bottich und betrat mit halb geschorenem Hinterkopf sein Zimmer im Wohnhaus. Jinen seinerseits ging eilends durch das Tor auf der Küchenseite und kam über die Veranda herauf. Er kniete vor der Schwelle nieder.

»Wann ist der Abt ausgegangen?«

»Gestern war's.«

»Um wie viel Uhr?«

»So gegen halb drei, sagt die Frau.«
»Zu mir ist er nicht gekommen.«
Sesshū schaute etwas argwöhnisch drein. Denn Jinens Gesicht war furchtbar angespannt und bleich. Sesshū wusste sehr wohl, dass sein Anblick so abstoßend war, weil seine Stirn weiter vorragte als die anderer Menschen und seine Augen so tief lagen. Dennoch schien ihm das Glitzern seiner Augen ungewöhnlich.
»Und Frau Satoko weiß nichts?«
»Nein. Sie glaubt, er sei zum Genkōji gegangen, und ich soll ihn abholen, sagte sie.«
Das war eine vertrackte Situation. Jikai war nicht gekommen. Keine Ahnung, wo er war.
»Merkwürdige Sache, nicht?«
Sesshūs Gesicht war misstrauisch. Da sagte Jinen:
»Jemand ist bei den Hisamas in Imadegawa gestorben. Herr Hisama ist gekommen und hat das Begräbnis bestellt. Es war schon mit dem Meister vereinbart. Man muss alles vorbereiten.«
»Eine Beerdigung?«
»Ja.«
»Hisama? Ein Gemeindemitglied?«
»Das Malartikelgeschäft östlich der Kreuzung der Imadegawa- und Senbon-Straße.«
»Ach ja, ich erinnere mich, da wohnen Mitglieder der Gemeinde. Ich bin mit dem Abt Jikai einmal zu einer Gedenkfeier gegangen.«
Sesshū erinnerte sich vage an das Aussehen des Hauses und Heikichis Gesicht. Was war da zu tun? Nun musste

man, wenn Jikai nicht zurückkam, die Beerdigung in dessen Abwesenheit durchführen. Wenn der Haupttempel davon Wind bekam, würde es zweifelsohne vom Administrator, Etsuzankutsu einen schlimmen Verweis absetzen.

»Jinen!«

»Ja.«

Sesshū sah gebannt auf den Hinterkopf des vornüber gebeugt knienden Jinen und sagte:

»Sag zu niemandem ein Wort. Auch Frau Satoko soll sich ruhig verhalten und es nicht unter die Leute bringen. Gut? Die Beerdigung machen wir unter uns Kollegen. Verstanden? Jetzt geh und richte die Haupthalle her.«

Jinen verbeugte sich so tief, dass seine Stirn fast auf die Dielen stieß.

Sesshū rief Tokuzen und schickte ihn mit Anweisungen zu den affiliierten Tempeln. Tokuzen hatte die Mittelschule schon abgeschlossen, und stand kurz davor, in ein Kloster einzutreten. Er hatte gehört, was Jinen erzählt hatte und war im Bilde. Er trat mit Jinen zusammen aus dem Tor, wo sie sich trennten.

»Da sitzen wir schön in der Patsche. Der Abt wird sich wohl irgendwo besoffen haben. So ein Schlendrian …«

Mit diesen Worten ging er mit großen Schritten in Richtung des Kitano-Schreins.

Es war fast vier Uhr, als Jinen in den Kohōan zurückkam. Satoko sah, dass er allein war und sagte:

»Was, bist du allein?«

»Ja, der Meister ist nicht in den Genkōji gekommen.«

»Was?«

Die weißen Schläfen zuckten.

»So ein Unsinn, der Meister hat selbst aus der Truhe ein weißes Gewand geholt und gesagt, er gehe eine Partie Go spielen.«

Jinen sah schweigend zu Satoko auf.

»Und was hat der Abt des Genkōji geantwortet?«

»Er sagte, der Abt sei in letzter Zeit nicht zu ihm gekommen.«

Satoko war entsetzt. Jikai war oft mit den Worten zurückgekommen, er sei im Genkōji zum Trinken eingeladen worden. Hatte er gelogen?

»Aber wohin ist er denn nur gegangen, Jinen, was glaubst du?«

Satoko wusste weder aus noch ein, ihre verzweifelte Stimme bestürmte den schweigenden Jinen.

»Ich weiß es nicht. Ich muss jetzt das Begräbnis der Hisama vorbereiten. Der Abt des Genkōji sagte, er werde die Trauerfeier mit den Kollegen der befreundeten Tempel bewerkstelligen, ohne dass der Haupttempel etwas davon erfährt.«

Satoko wurde kreidebleich. Sie glaubte, die Rücksichtnahme des Abtes zu verstehen. Es war ihr bewusst, dass die Trauerfeierlichkeiten zweiter Klasse durchgeführt werden sollten, und so die Mönche der affiliierten Tempel ohnehin herkommen mussten. Aber so war es unmöglich, die Abwesenheit Jikais zu verheimlichen.

Jinen ging gebeugt, ohne aufzublicken, an der ratlos dastehenden Satoko vorbei in die Haupthalle. Er bereitete alles für die Feierlichkeiten vor. Solange nur der fleißig arbeitende Jinen aushalf, konnte sich Jikai in aller Ruhe betrinken, musste sie sich sagen. Sie schaute Jinen nach, wie er gleichmütig in die Haupthalle ging und fühlte plötzlich Dankbarkeit aufsteigen. Tatsächlich – wie der Abt des Genkōji bemerkt hatte, war es unvermeidlich, dass es einen scharfen Rüffel aus dem Haupttempel setzen würde, wenn ein Abt sich verlustierte und sein Amt als Hirte der Gemeinde vernachlässigte. Indessen ging es nicht an, dass Satoko, selbst wenn es sie dazu drängte, sich hervortat und sich in die Geschäfte des Tempels einmischte. Nie hatte sie auch nur eines der Geräte der Haupthalle in den Händen gehabt, und von den Vorbereitungen für eine Bestattung hatte sie nicht die geringste Ahnung.

›Ich kann mich doch auf dich verlassen?‹

Es blieb ihr nichts anderes übrig, als Jinen inständig zu bitten.

Irritiert kam sie in die Abtwohnung zurück, doch unversehens begann sie die Frage zu beschäftigen, wohin denn Jikai, wenn nicht in den Genkōji, in aller Welt gegangen war?

Seit Satoko im letzten Herbst in den Tempel gekommen war, war ein ganzes Jahr vergangen. In der ersten Zeit war Jikai ausschließlich im Tempel geblieben und hatte Nacht für Nacht mit Satoko geschlafen. Nein, Tag *und* Nacht hatte er sie geliebt, erinnerte sich Satoko. Er besuchte den Haupttempel, besuchte die affiliierten Tempel, besuchte die Gemeindemitglieder. Ging aus und nannte allerlei Orte. Führte er eine Gedenkzeremonie durch, so brachte er ihr immer in seinem Ärmel oder in der Umhängetasche Kekse und sein Honorar und ähnliches als Mitbringsel zurück: Sie hatte keinen Grund, an seinen Worten zu zweifeln.

Doch seit er von seiner Krankheit genesen war – war er vielleicht nicht in den Genkōji-Tempel, sondern an einen Ort, den er Satoko verheimlichte, gegangen? Nagende Eifersucht stieg in ihr auf.

›Bestimmt hat er irgendwo eine andere Frau!‹

Möglich schien es ihr. Vielleicht hatte er auf dem Weg zum Genkōji unverhofft eine alte Bekannte getroffen. Und seine Leidenschaft war wie ein schwelendes Scheit wieder aufgeflammt. Er hatte sie besucht. So gesehen leuchtete es ein, dass er an jenem Tag sich selbst angekleidet hatte.

Doch dieser Zweifel verschwand augenblicklich wieder. Es konnte nicht sein! Satoko war davon überzeugt. Jikai war ein Mann, der stets abgewinkt hatte, wenn ihn Nangaku ermutigt hatte, eine Frau zu nehmen. Er mochte *sie*. Jikai war allein schon selig gewesen, als er sie im Tempel aufnahm. Ihr Körper wusste es.

Es wurde fünf Uhr, als zwei Boten der Familie Hisama kamen. Jinen empfing sie in der Vorhalle.

»Unser Haus ist eng, da haben wir den Abt gebeten, heute Nacht die Totenwache in der Haupthalle halten zu dürfen. Das hintere Zimmer ist sowieso vollgestapelt mit Farbdosen.«

»Nun, wenn Sie es so mit dem Meister abgesprochen haben, geht das in Ordnung. Bitte sehr«, sagte Jinen.

»Vielen Dank auch. Wir verlassen uns auf Sie.«

Die beiden gingen gleich wieder. Jinen bezog das Podest im Altarraum mit einem weißen Laken, legte ein dreieckiges Brokattuch darüber und holte aus dem Innern des Altarraums das Räuchergefäß aus weißem Porzellan und stellte es bereit. Alle notwendigen Geräte, die Tischchen für die Räuchergefäße, Kerzenständer, das Lesepult, mussten aus unlackiertem Holz sein. Die Bestattungsfirma würde ebenfalls herkommen. Deren Angestellte waren vor allem für die Aufgabe verantwortlich, den Toten im Haus einzusargen, den Sarg in ein weißes Tuch zu hüllen und mit silbernen und goldenen künstlichen Blumen in den Tempel zu transportieren; sobald die Leiche im Tempel angekommen war, würden sich die Leute der Bestattungsfirma wieder, wie es Brauch war, zurückziehen. Deshalb hatte Jinen alle Hände voll zu tun. Es ging nicht an, dass er von den Mönchen der affiliierten Tempel ausgelacht wurde, oder aber, dass er es den Hisamas als Gemeindemitgliedern gegenüber an Respekt fehlen ließ. Das hatte ihm Jikai immer wieder, wenn eine Beerdigung anstand, eingeschärft. Jinen stellte, wie es ihn der Abt Jikai gelehrt hatte, alle Geräte bereit. Er öffnete die Schiebetür des Vorraums zur Rechten, breitete ein weißes Tuch auf den Tatami-Matten aus und bedeckte dabei auch die Schwelle. Den Vorraum zur Linken beließ er, wie er war. Er würde die Verwandten und Bekannten im Zimmer zur Rechten platzieren, die Leute, die herkamen, um Weihrauch abzubrennen, sollten sich im vorderen Flur der Haupthalle in einer Reihe anstellen. Auch dies, wie es Jikai immer angeordnet hatte. Jinen holte aus der Abstellkammer eine Binsenmatte, um sie auf der geräumigen Veranda auszubreiten. Er legte die zusammengewickelte Matte an den Rand der Veranda, und als er sie eben aufrollte, kam Satoko in den Vorraum zur Linken und sagte:

»Jinen, der Abt des Genkōji schickt Tokuzen, um dir zu helfen.«

Dies, weil der Abt Sesshū befürchtet hatte, die Arbeit würde Jinen über den Kopf wachsen.

»Ah, vielen Dank.«

Jinen zog die Binsenmatte bis zum anderen Ende, und kam, indem er sie mit trippelnden Schrittchen glättete, näher. Hinter Satoko stand Tokuzen.

»Haben Sie noch nichts vom Abt gehört?«

Satoko bemerkte verärgert, dass Tokuzens Augen aufblitzten.

›Wieso sollte *ich* etwas wissen?‹

»Nein, ich habe nichts von ihm gehört.«

»Na, wohin mag er nur gegangen sein?«

Auch Tokuzen war hin und wieder als Jikais Trinkkumpan zu den Gelagen gerufen worden und kannte ihn zur Genüge.

»Herr Tokuzen, wann ist der Meister in letzter Zeit in den Genkōji gekommen?«

»Nun ja … Er ist schon ziemlich lange nicht mehr gekommen.«

So war es also! Satoko musste sich mit dem Gedanken befassen, wohin denn Jikai gegangen war.

›Er hält sich *doch* irgendwo heimlich eine Frau …!‹

Jikai war nicht der Mann, der außer Haus übernachtete, ohne dass eine Frau im Spiel war, das wusste Satokos Körper.

»Nun, dann verlass ich mich auf Sie.«

Satoko überließ Jinen und Tokuzen die Haupthalle und ging in die Wohnung zurück. Sie trat ins Zimmer, öffnete Truhen und Schränke, sah die Briefe durch, die Jikai erhalten hatte, und durchwühlte mit scharfem Blick alles, was Jikais Geheimnis hätte verraten können. Sie fand nichts.

›Meister, Meister, wohin sind Sie gegangen? Wohin sind Sie gegangen und haben mich allein gelassen?‹

Satoko ließ sich schwer auf den fülligen Hintern plumpsen. Sie bedeckte die Augen mit den Händen und lag apathisch eine lange Zeit unbeweglich, das Gesicht in ihren roten Futon vergraben.

Der Sarg von Hisama Heizaburō erreichte den Kohōan um sieben Uhr dreißig. Er wurde vom Leichenwagen geladen und Heikichi sowie die Malergesellen Inokichi, Sakuzō und Denzaburō, die zugleich dessen Neffen waren, trugen ihn zu viert durch das Haupttor, öffneten das kleinere Tor, das in den Garten vor der Haupthalle führte, und stellten ihn zunächst auf die Veranda, wo Jinen und Tokuzen sie in ihren Mönchsroben erwarteten, zogen ihre Schuhe aus, liefen in ihren weißen Socken über den Kies des Gartens und trugen dann den Sarg Heizaburōs, der ein stattlicher Mann und ebenfalls Malergeselle gewesen war, über die Stufen auf die Veranda und in den Altarraum. Sie stellten ihn horizontal auf das Podest, worüber

Jinen das rote Dreieckstuch gehängt hatte. »*Nanmaidabu, nanmaidabu*« intonierten sie dreimal die Anrufung Buddhas, dann verneigte sich Heikichi tief gegen Jinen:
»Nun, so bitte ich Sie um Ihre Hilfe.«
Jinen sah zu Heikichi auf und sagte gelassen:
»Wie viele Personen kommen zur Totenwache?«
»Außer mir diese drei Verwandten. Doch morgen werden es viele sein, da die Verwandten mit dem Zug vom Land kommen, aber die Totenwache halten nur wir vier, unter uns.«
Jinen verneigte sich.

Die Sūtrenlesung der Totenwache besorgte Sesshū, der vom Genkōji-Tempel herbeigeeilt und im Gästezimmer in die Purpurrobe gewechselt war. Er bestimmte Tokuzen zum Gehilfen. Jinen versah das Amt des Zeremonienmeisters und leitete die Rezitation. Während der Lesung saßen die Mitglieder der Familie schweigend im Vorraum zur Rechten, doch als Sesshū von seinem Zeremonial-Sessel aufgestanden war, begannen sie miteinander zu tuscheln und kamen dann, um Weihrauch abzubrennen. Als der Rauch langsam aufstieg und wie Nebelschwaden vor den Schiebetüren des Vorraums zur Linken zu schweben begann, fingen die von Nangaku gemalten Wildgänse wieder an, mit den Flügeln zu schlagen. Sesshū hatte diese Malereien eine Weile betrachtet, doch bald gab er Tokuzen einen Wink, und sie verließen die Haupthalle. Auch Jinen folgte ihnen.

»Wie ist's, bewerkstelligt ihr die Totenwache zu zweit, Jinen und Tokuzen?«

»Ja.« Jinen neigte den Kopf tief.

»Ich habe eines der Gästezimmer als Aufenthaltsraum eingerichtet. Für diejenigen, die hier bleiben möchten, habe ich Futons ausgelegt.«

»Gut so. Die Laien, selbst bei einer Totenwache, können kaum die ganze Nacht aufbleiben. Sie sollen sich ablösen.«

»Jawohl.«

»Und du Tokuzen, schläfst du auch hier?«

Tokuzen neigte seinen Kopf.

»Dann werde ich jetzt zurückgehen«, sagte Sesshū noch und ging den sich windenden Flur entlang eilig ins Innere des Hauses.

Satoko döste mit dem Kopf auf der Decke des Kotatsu, doch als sie im Flur hinter sich Schritte hörte, streckte sie ihren Rücken und drehte sich um.

»Er ist also doch nicht gekommen.«

Überrascht erblickte Satoko Sesshūs großes rotes Gesicht im Türspalt, und sagte:

»Ich hab nachgesehen, die schwarze Alltagsrobe und die Stola fehlen. Der Meister hat diese Dinge wohl mitgenommen und ist irgendwohin gegangen.«

Sesshū neigte den Kopf ungläubig zur Seite.

»Seltsam was er mitgenommen hat, was?«

»Seine Bücher sind auch nicht mehr da.«

Sie zeigte auf den Schrank.

»Bücher?«

Sesshū stand eine Weile nachdenklich da. Doch dann sagte er plötzlich:

»Das sieht aus, als sei er wieder auf Pilgerfahrt gegangen. Ach was, er hat es bestimmt jemandem ausgeliehen, ohne dass Sie davon wussten. Ich würde mir nicht allzu viel Sorgen machen. Morgen wird der Abt, als sei nichts gewesen, zurückkommen. Er weiß ja nicht, dass jemand gestorben ist und wird irgendwo unbekümmert schlafen.« Mit diesen Worten wandte sich der Abt ab, um zu gehen, kehrte aber noch einmal zurück, blickte in Satokos vom Schlaf aufgedunsenes Gesicht und bemerkte verschmitzt schmunzelnd:

»Oder haben Sie ihn etwa zu viel strapaziert?«

»Nicht doch, Herr Abt«, sagte Satoko errötend. Denn sie konnte sich ausmalen, was Jikai alles ausgeplaudert hatte, wenn er den Genkōji-Tempel besuchte. Sesshūs Lachen war noch zu hören, als er den Flur entlang ging und verschwand.

Die Totenwache dauerte fort unter Jinens Vertretung. Im Vorraum zur Rechten hielten sich die vier Hisama bereit, und als um elf Uhr Tokuzen seine Lesung beendete, waren im Gästezimmer von acht Matten die Futons ausgelegt. Die Familienmitglieder sollten sich abwechselnd ausruhen. Auch Tokuzen zog sich in ein Viereinhalb-Matten-Zimmer neben der Küche zurück. Jinen sagte zu Heikichi:

»Der Abt hat mir immer wieder eingeschärft, dass man in der Nacht der Totenwache den Weihrauch nicht ausgehen lassen darf. Ich werde darauf achten. Morgen wird es für Sie einen langen Tag geben, bitte, ruhen Sie sich aus.«

»Vielen Dank«, sagte Inokichi neben ihm. Es war nur

zu verständlich, dass ihnen die Müdigkeit ins Gesicht geschrieben stand – sie alle waren Handwerker und hatten den ganzen Tag gearbeitet. Jinen sah sich die vier in aller Ruhe an und fragte:

»Wie wär's, wenn Sie abwechselnd, einer um den anderen wach blieben?«

»Ja, wechseln wir uns ab.«

»Dann wollen wir es so machen.«

Jinen setzte sich in die Mitte des Altarraums und begann, das Kannon-Sūtra von seiner Kopie ablesend, zu intonieren. In einer Totenwache durfte die Stimme nicht erhoben werden. Jikai hatte ihm eingeprägt, leise und langsam zu lesen. Bis zum Morgengrauen musste rezitiert werden. Jinen holte vom Sekretär-Pult die kleine Klangschale neben sich in die Mitte des Zimmers. Heikichi, der im Nebenzimmer aufrecht auf den Knien gesessen hatte, begann sich an die Schiebetür zu lehnen und nickte bald ein. Mitternacht war vorbei, und als Jinen das Kannon-Sūtra zum dritten Mal beendet hatte, schlief Heikichi tief.

»Herr Hisama …«

Heikichi schreckte auf.

»Sie werden sich erkälten. Drüben ist jemand aufgestanden, Sie abzulösen. Gehen Sie zurück ins Gästezimmer und ruhen Sie sich aus!«

Es musste gegen zwei Uhr sein. Im Garten hinten sprangen die Karpfen. Heikichi folgte Jinen schlaftrunken ins Gästezimmer. Durch den Türspalt blickend, schienen sich im Halbdunkel alle drei Futons zu wölben. Wer würde für ihn aufstehen? Dachte Heikichi nur noch, als er, von

Jinen angewiesen, unter eine Decke schlüpfte und alsbald vom Schlaf übermannt wurde.

›Lange Zeit hab ich den Bruder gepflegt, nun ist er schliesslich gestorben. Ach, lang hab ich ihn pflegen müssen ...‹

Heikichi wähnte sich im dunklen Hinterzimmer in Imadegawa. Heizaburōs Nachttopf glaubte er wie immer neben sich stehen zu haben.

›Mein Bruder ist gestorben, jetzt ruht er friedlich im Kohōan.‹

Der Tempel mit seinen hohen Räumen gewährte Heikichi mehr Ruhe als es das enge Malergeschäft konnte.

Jinen trat aus dem Gästezimmer in den Flur zur Haupthalle, um Weihrauch anzuzünden. Heikichi hörte undeutlich die gleitenden Schritte. In der Abtwohnung döste Satoko immer noch vor sich hin. Jikai kam nicht zurück.

›Meister, Meister, wohin sind Sie gegangen? Wohin sind Sie gegangen und haben mich allein gelassen?‹

Satoko wiederholte diese Worte wie im Fieberwahn, doch dann überschwemmten sie die Wogen des Schlafes.

Die Nacht schritt fort im Kohōan. Und schon bald begann der Morgen zu dämmern.

Die Beerdigung fand unter der Leitung des Abtes Sesshū statt. Im Altarraum assistierten die Mönche der affiliierten Tempel, Zuikōji, Myōhōji, und Myōchi'in. Sie saßen nebeneinander und ließen die roten Quasten ihrer Trommeln und Becken herunter baumeln. Jinen leitete, wie es die Sitte verlangte, die Rezitation. Die jungen Mönche der affiliierten Tempel, Tokuzen, Daisen, Jishō, Ekishū und Kizan in ihren schwarzen Mönchsgewändern saßen gegenüber und intonierten die Sūtren im Chor. Der postume Name von Hisama Heizaburō lautete KŌSHUN CHIDŌ KOJI. Sesshū nahm Platz auf dem Zeremonialstuhl, auf dem Jikai hätte sitzen müssen, und geleitete mit seiner Stentorstimme Heizaburō auf seinen letzten Gang. Die Zeremonie, die um ein Uhr begonnen hatte, endete um drei Uhr; in den beiden Vorräumen hatten sich achtundzwanzig Verwandte und Bekannte der Familie Hisama versammelt. Heikichi, Inokichi, Sakuzō und Denzaburō, die die Totenwache übernommen hatten, strahlten über ihre ausgeschlafenen Gesichter, wenn die Verwandten sich für ihre Mühe bedankten. Denn sie hatten tüchtig gearbeitet: Als es am frühen Morgen darum ging zu bestimmen, wer die Grube auf dem Grabplatz der Familie Hisama am Fuß des Berges ausheben solle, sagte der muntere Inokichi:

»Gestern hat man uns in aller Ruhe schlafen lassen, lasst uns das Grab schaufeln.«

»Ja, tut das.«

Heikichi war einverstanden, und so hatten sich Inokichi und Denzaburō auf den Weg gemacht, das Grab auszuheben.

Als die Sūtrenrezitation zu Ende war, zogen sich die Mönche vorerst in ein Gästezimmer zurück. Im Gegensatz zum Vortag beschloss man, dass die aus Heizaburōs Heimat in den Bergen von Fukuchiyama hergereisten Onkel Heikichis, Sukezō und Kishichi, sowie dessen jüngere Brüder Kumatarō und Kōta den Sarg tragen sollten. Jinen hatte den Mönchen im Gästezimmer Tee aufgetragen, kam aber in die Haupthalle zurück, um sich zu vergewissern, dass die Vorbereitungen für den Leichenzug abgeschlossen waren, und holte dann die Mönche. Purpur, rot, gelb und orange – die Mönche in ihren Gewändern formierten sich zum Zug auf dem weißen Kies des Gartens und boten den Hinterbliebenen einen farbenprächtigen Anblick. Als der in ein weißes Tuch gehüllte Sarg aus dem überdachten Haupttor kam, zerriss die Wolkendecke für einen Moment und die Sonne begann zu scheinen.

Tsing, pong, tschang …

Die Glocken, Trommeln und Becken ertönten im Einklang mit Sesshūs Stimme, der den Zug anführte. Den Mönchen, die sich dem Kinugasa-Berg zuwandten, folgte der Sarg. Dahinter kamen zweiundzwanzig Verwandte, jeder eine Gebetsschnur in der Hand reibend.

Die Beerdigung endete um vier Uhr. Heizaburō war neben dem Bambushain am Fuße des mit Fichten bewachsenen Berges bestattet worden. Heikichi und Denzaburō bedeckten den Sarg mit schwarzer Erde, die Schaufeln hatten sie im Tempel ausgeliehen. Nur soviel Erde, wie der Sarg im Boden verdrängte, wölbte sich darüber. Das aus unlackiertem Holz gefertigte kleine Esstischchen, das Jinen besorgt hatte, wurde auf die Erde gestellt, darauf eine Schale Reis, in dem die Essstäbchen steckten, und ein Schälchen Suppe mit getrocknetem Tofu.

Ein nach pilziger Fäulnis riechender Wind kräuselte die Suppe, als er darüber strich.

VII

Es war gegen sechs Uhr, als die Familie Hisama den Kohōan verließ. In einem Winkel der Haupthalle lagen nach dem Begräbnis in wildem Durcheinander Blumenkränze, künstliche Blumen und aus Bambus gefertigte Weihrauchgefäß-Ständer. Es war indessen keineswegs der Moment, im Tempel aufzuräumen.

Denn Jikai, von dem alle erwartet hatten, dass er mindestens während der Beerdigung plötzlich auftauchen werde, war nicht gekommen. Da die Mönche der affiliierten Tempel versammelt waren, berieten sie, was zu tun sei.

In einem Gästezimmer hatten sich der ehrwürdige Mönch Shōan vom Myōchi'in, der neu ernannte Abt Chikuhō vom Zuikōin, der Mönch Kaiō vom Myōhōji sowie Abt Sesshū vom Genkōji versammelt. Als erster sagte Chikuhō zu Sesshū:

»Seltsame Geschichte. Jikai ist doch ausgegangen, um mit Ihnen Go zu spielen, nicht wahr? Sie sagen, er sei nicht gekommen – das ist doch sonderbar. Hat er vielleicht woanders noch eine Geliebte versteckt, was glauben Sie?«

»Zu mir ist er nicht gekommen. In letzter Zeit habe ich

ihn überhaupt nicht mehr gesehen. In Tat und Wahrheit habe auch ich mir überlegt, ob nicht eine Frau im Spiel sei. Aber in diesem Fall hätte er mir, so wie ich ihn kenne, bestimmt davon erzählt. Auch Frau Satoko meint, das sei sehr unwahrscheinlich, es müsse eben doch ein Unfall gewesen sein«, erwiderte Sesshū.

»Aber dann hätte doch bestimmt jemand den Unfall im Tempel gemeldet.«

»Ja, das ist eben das Rätselhafte. Bedenkt man, dass wir nichts gehört haben, müssen wir annehmen, er sei irgendwo untergetaucht«, sagte der Mönch Kaiō.

»Ja, aber«, Sesshū senkte die Stimme etwas, »Frau Satoko zufolge soll der Abt die Bücher aus seinen Wanderjahren mitgenommen haben …«

»Die Bücher? Sehr sonderbar. Wohl gleich auch die Bettelschale und die Stola?«

»Es sieht ganz so aus.«

Der ehrwürdige Mönch aus dem Myōchi'in blinzelte und sagte:

»In seinem Alter dürfte es eher unwahrscheinlich sein, dass er auf Wanderschaft geht. Rufen Sie doch – wie hieß er nur? – den kleinen Mönch, wir wollen sehen, was Jikai zu ihm gesagt hat.«

Sesshū sah sich kurz in der Runde um und lauschte, Jinens Schritte waren nirgends zu hören. Er erhob sich mit einem Ächzen und ging in den Flur. Im Kohōan, in dem bis vor kurzem viel Gedränge geherrscht hatte, war die Ruhe nach dem Sturm eingekehrt. Der Boden war voller Staub und Sesshū, der befürchtete, seine weißen

Socken zu beflecken, sprang hüpfend über die schmutzigen Dielen zur Küche.

»Jinen!«, rief er, der schien nicht in der Nähe zu sein.

›Sonderbar. Vielleicht in der Haupthalle?‹ Nun, schließlich war Jinen der einzige Mönch im Kohōan und so trug er viel Verantwortung. Vielleicht war er dabei, die Haupthalle aufzuräumen? Sesshū machte kehrt und ging die äußere Veranda entlang, rund um das Gebäude herum und kam zum Vorraum zur Rechten. Und erschrak: Am Rand des Teichs im hinteren Garten stieg Rauch auf. Beim näheren Hinsehen war Jinen, die Ärmel zurückgebunden und den uni blauen Kimono hinten in den Gürtel gesteckt, eifrig dabei, etwas zu verbrennen.

»Jinen!«, rief Sesshū laut.

Jinen warf selbstvergessen grünen Bambus, Zweige des Sternanis-Baums und anderes ins Feuer. Die Flammen loderten auf, um gleich wieder in sich zusammenzufallen, dicke weiße Rauchschwaden wirbelten hoch. Es war auf den ersten Blick klar, dass er die Abfälle der Beerdigung verbrannte.

›Immer fleißig, der Junge! Gönnt sich keinen Moment Ruhe!‹

So dachte Sesshū, doch ohne Jinen anzuhören, würde die Versammlung zu keinem Schluss kommen, und er rief noch einmal laut:

»Jinen!«

So angerufen, ließ Jinen den Bambusstab abrupt fallen. Er schien erschrocken. Er blickte verdattert zu Sesshū.

»Komm mal her.«

»Ja.«

Den Kopf nach vorn gebeugt, kam er eilends zur Veranda. Er schaute zu Sesshū auf. Auf seiner vorspringenden Stirn stand der Schweiß.

»Lass die Putzerei nur. Komm bitte mit ins Gästezimmer«, sagte Sesshū freundlich.

»Jawohl.«

Jinen kletterte folgsam auf die Veranda. Er wandte sich noch ein Mal um und sah nach dem Feuer. Noch immer stieg weißer Rauch auf. Der Garten war erfüllt vom beißenden Gestank der verbrannten Anisbaum-Zweige. Auch Sesshū stieg er ätzend in die Nase.

Als er mit Jinen zurückkam, fiel den vier Mönchen erneut die Missgestalt des kleinen Mönchs auf und sie starrten ihn unverwandt an. Der ehrwürdige Mönch des Myōchi'in-Tempels fragte:

»Hat der Abt Jikai nicht irgendetwas zu dir gesagt? Nicht nur am Siebten, sondern auch früher.«

Jinen blickte von unten hinauf, so dass nur das Weiße seiner Augen zu sehen war.

»Jawohl. Der Meister hat am Siebten über das Zen-Kloster gesprochen.«

»Zen-Kloster?«

»Jawohl, über *tangazume*.«

»Nun, das ist etwas, worüber wir alle reden. Hat er noch etwas anderes gesagt?«

»Er hat mir von *niwazume* erzählt.«

»Verstanden. Hat er nicht gesagt, er werde irgendwohin gehen?«

»Es ist vorgekommen, dass er gesagt hat, er habe Lust, auf Reisen zu gehen.«
»Auf Reisen, so. Wann war das?«
»Nun, wenn er über die religiösen Übungen sprach, hat er das manchmal plötzlich gesagt.«
»Er selbst wolle weggehen?«
»Ja.«
Die Blicke der vier Mönche konzentrierten sich auf Jinen, auf seinen scheelen Blick, der nur das Weiße der Augen zeigte, als er zu den Mönchen aufsah.
»Hm …«
Der ehrwürdige Mönch seufzte erst einmal.
»Ja, da haben wir ein Problem. Könnte es sein, dass der Abt Jikai geflohen ist, wie vormals der Patriarch des Tōfukuji-Tempels?«
Sesshū öffnete die Augen weit.
»Also doch!«
»Nun, wer weiß.«
Als der Mönch Kaiō Sesshū einen erschrockenen Blick zuwarf, antwortete dieser leise:
»So mag's gewesen sein. Wissen Sie, die Frau ist schon etwas scharf. Der Abt ist bestimmt ausgerissen.«
Alle sahen ungläubig und bestürzt drein, doch undenkbar schien es nicht.
»In diesem Fall, Abt Sesshū, sollten wir vielleicht mal Frau Satoko herein rufen.«
Sesshū wurde in die Wohnung geschickt, und kam mit Satoko im Schlepptau zurück. Satoko, aschgrau und geistesabwesend, saß da mit hängendem Kopf.

»Bis am Nachmittag des siebten war der Meister wie immer. Da kam ein Bote, der darum bat, für den verstorbenen Vater der Familie Hisama die Gedenkfeier zu halten. Er schickte Jinen. Ich fand das seltsam, weil doch sonst der Meister immer selbst ging. Er kam zurück in die Wohnung und nach einer Weile sagte er, er gehe in den Genkōji um eine Partie Go zu spielen, das hat er gesagt und ich hab gesagt, ist das so, da hat er selbst die Schublade der Truhe aufgemacht und eine weiße Robe herausgenommen und sie angezogen.«

»Und die Bücher?«

»Darauf hab ich damals nicht geachtet, aber wie ich dann im Schrank nachgesehen habe, waren sie nicht mehr, wo sie immer gestanden hatten.«

»Hm …« Der ehrwürdige Mönch des Myōchi'in-Tempels starrte ungeniert auf Satokos füllige Knie und fuhr fort:

»Und mit Ihnen hat er auch über eine Pilgerfahrt geredet?«

»Pilgerfahrt? Wie meinen Sie das?«

»Nun, dass er wieder in ein Zen-Kloster gehen will, um weiter zu lernen.«

»Der Meister?«

»Ja, dass er auf Wanderschaft gehen werde.«

»Das hör ich zum ersten Mal.«

Satoko hatte keine Ahnung, worum es eigentlich ging, und sie schaute den Mönch verwirrt an, die blassen fleischigen Lippen geöffnet.

»Jinen«, sagte der ehrwürdige Mönch aus dem Myōchi'in.

»Es brennt gewaltig da draußen. Das ist gefährlich. Geh nachsehen!«

Jinen, der schweigend in einer Ecke gesessen hatte, erhob sich und ging in seinem gleitenden Gang hinaus. Tatsächlich, die Papiertüren schimmerten rot im Widerschein.

»Frau Satoko«, sagte der ehrwürdige Mönch, »der Abt ist womöglich auf eine Reise gegangen.«

»Wie bitte?«

Satoko rückte auf den Knien näher.

»Warten wir's ab, ob wir nicht noch etwas von ihm hören. Bestimmt ist er auf Reisen. Wenn man sich den Kopf zerbricht, weil die Finanzen und die Verwaltung des Tempels drunter und drüber gehen – na, dann kommt es vor, dass man alles satt hat und am liebsten davonlaufen würde. Nicht, so ist es doch?«

Die letzten Worte waren an die Runde der Mönche gerichtet, und sie nickten zustimmend.

Das war dann auch die Schlussfolgerung. Und doch – wenn der Abt des Kohōan, Kitami Jikai, so plötzlich den Tempel verließ, konnten sie als affiliierte Mönche dies nicht einfach totschweigen. Selbst wenn sie einstweilen zu dem Schluss gekommen waren, dass der Abt wieder als Novize auf Pilgerreise gegangen war – angenommen, sie täuschten sich und er läge vielleicht irgendwo krank oder tot am Straßenrand, müsste man dann nicht seine Abwesenheit der Polizei melden? Allerdings war Jikai erst achtundfünfzig. Er war gesünder und stärker als ein Durchschnittsmensch, und es war nicht anzunehmen, dass er unterwegs zusammengebrochen war und ein erbärmliches Ende gefunden hatte. Schließlich beschlossen sie, mit der Anzeige noch zu warten.

Die vier Äbte, die ihre Gehilfen zuvor in die Tempel zurück geschickt hatten, kehrten nach sieben Uhr mit leeren Händen zurück, ohne die Geschenke der Familie Hisama.

Jinens Feuer war erloschen.

Und zum zweiten Mal brach im Kohōan eine Nacht ohne den Hausherrn an.

Es war Satoko, die als Erste überzeugt war, dass Jikai tatsächlich *weit weg* gegangen war. Sie versuchte sich Jikais Verhalten, als er sie am siebten des Monats gegen halb drei entkleidet hatte, bevor er ausgegangen war, ins Gedächtnis zurückzurufen. Sie nackt auszuziehen war keineswegs auf diesen einen Tag beschränkt und an sich auch keine Ausnahme, doch als sie sich nun an sein Benehmen damals erinnerte, hatte sie doch das Gefühl, es sei irgendwie anders gewesen als sonst. Warum nur? Damals hatte sie gedacht, es liege daran, dass er erst kürzlich von seiner Krankheit genesen war, doch wenn sie es jetzt überdachte, sah sie es mit anderen Augen. Jikai hatte Satoko grob zu Boden gestoßen. Normalerweise fuhr er nach Herzenslust mit seiner Zunge kosend über ihre erogenen Zonen, die Brüste oder Lenden, die Füße oder Hände. Er war nie weiter gegangen, bevor sie ihm zu verstehen gab, sie vergehe fast vor Lust. An jenem Tag aber hatte er selbstsüchtig das Vorspiel ausgelassen. Wenn er gelogen hatte, als er sagte, er gehe in den Genkōji-Tempel um Go zu spielen – was war in seinem

Kopf vorgegangen, dass er ihr so rücksichtslos zusetzte? Hatte er sich vielleicht schon entschlossen, den Tempel zu verlassen? Einen anderen Grund konnte er nicht haben.

›Ach, er hat mich betrogen!‹

Doch was ihr im Moment, als sie das dachte, blitzartig durch den Kopf fuhr, war die Frage, was Jikai dazu getrieben habe, sie hintergehen zu müssen?

›Jinen war's! Jinen hat geschwätzt!‹

›Was ist nur in jener Nacht in mich gefahren! Als ich Jinen zuerst in seiner Drei-Matten-Kammer die Sūtren kopieren sah, hab ich nichts Derartiges im Sinn gehabt. Wie ich vom Mönch aus dem Saianji in Wakasa alles erfahren hatte, da hab ich für Jinen unsägliches Mitgefühl empfunden. Er hat mir über alle Maßen Leid getan. Und vor lauter Erbarmen und Zärtlichkeit war ich ganz überwältigt und hab ihn umarmt. Und ich hab ihm doch gesagt, er soll es vor Jikai verheimlichen, hat er es doch dem Meister erzählt?‹

Wollte sie weiter daran glauben, dass Jikai sie geliebt hatte, konnte sie sich keinen anderen Grund als diesen allein für seinen Verrat ausdenken. Wie eine riesige Mauer stand jetzt bei diesen Gedanken Jinens Gestalt vor ihr und drohte sie zu erdrücken: Jinens hervorstehende Stirn, seine tief liegenden Augen, seine ausdruckslose Miene. Satoko hielt es nicht mehr aus, sie saß wie auf glühenden Kohlen. Sie stürzte aus der Wohnung, lief zur Küche. Sie musste Gewissheit haben. Sollte sie sich von diesem Bengel um den Finger wickeln lassen? Was dachte der sich nur?

»Jinen!«

Es war still in Jinens Drei-Matten-Kammer. Er schien zu schlafen.

»Steh auf!«, schrie Satoko.

Der Mond leuchtete durch das vergitterte Fenster und zeichnete ein Streifenmuster auf Satokos in Unordnung geratenen Kimonosaum. Jinens Kammer war finster, man sah nichts.

»Hast du dem Meister erzählt, was ich gemacht habe?«

Jinen schien auf zu sein. Sein Kopf war undeutlich zu sehen. Man hörte ihn mit den Fingern auf den schwarzen Futon trommeln.

»Sag etwas, schweig nicht, sag doch etwas!«

Satokos Brust bebte. ›Wenn er es mir nicht sagt, dann werd ich nie wissen, weshalb der Meister gegangen ist …‹

»Red doch schon!«

Jinen schwieg. War er noch nicht ganz wach?

Satoko beugte sich vor, um sein Gesicht zu sehen.

Da tönte es wie verloren aus der Ecke:

»Ich hab nichts gesagt. So etwas könnte ich nicht erzählen.«

Satoko kauerte sich nieder. Log er? Sie spähte in die Ecke der Kammer. Sie hörte ein Schniefen. Satoko lauschte gespannt und ließ Jinen nicht aus den Augen.

Jinen weinte. Das Schniefen wurde heftiger.

»Ich hab nichts erzählt. So etwas kann man niemandem erzählen.«

Satoko flog auf Jinen zu. Sie umarmte seinen nach Schweiß riechenden glatten Kopf und seine Schultern.

»Hast du nichts gesagt, wirklich nichts?«

Während sie dies stammelte, überfiel sie eine unbeschreibliche Erregung. Sie fühlte sich erleichtert, dass er geschwiegen hatte und trotzdem – zuinnerst hätte sie gleichzeitig die masochistische Lust, Jinen habe dem Meister alles ausgeplaudert, auskosten wollen. Doch nein – das schien ihr jetzt bedeutungslos. Satoko wollte Jinen noch einmal fest in die Arme schließen.

»Jinen, bist ein braver Junge, hast nichts gesagt, nichts.«

Sie drückte den runden festen Körper Jinens mit aller Kraft an sich.

»Jinen, wir werden diesen Tempel verlassen müssen. Wenn der Meister nicht zurückkommt, dann haben wir hier nichts mehr verloren. Wir haben unseren Dienst getan und können gehen.«

Jinen hörte auf zu weinen, er saß mit angehaltenem Atem still an Satokos Brust gelehnt und hörte zu.

»Ja, so ist es eben. Der Meister ist wieder auf Pilgerfahrt gegangen. Uns hat er einfach sitzen lassen und ist weit weg gegangen, so ist es doch, Jinen, das weißt du doch auch, nicht? Er hat dir ja vom Zen-Kloster erzählt. Es darf nicht sein, dass die Begierde einen Zen-Mönch überkommt, er selbst hat gesagt, wenn die Begierde erwacht, ist alles zu Ende. Ja, und so hab ich mich, wie vom Meister verlangt, zurückgehalten, wenn die Leidenschaft erwachte. Wo wir doch gar keine Begierden mehr haben …, da ist er weggegangen. Hat den Tempel im Stich gelassen. Wo wir doch gar keine Begierden mehr haben …«

Dicke Tränen tropften auf Jinens Schädel.

Am siebzehnten Tag, nachdem Jikai aus dem Kohōan verschwunden war, erstattete der Vertreter der affiliierten Tempel, der Abt des Myōchi'in, Kodera Shōan, dem Büro der Schule des Mannenzan-Tōzenji-Tempels eine offizielle Anzeige, die dem Tempelrat unterbreitet wurde. Doch wie schon in der Diskussion der Äbte der affiliierten Tempel, deren Verlauf in der Anzeige geschildert wurde, blieben Zweifel über das Verschwinden Kitami Jikais und über die Frage, ob Jikai tatsächlich einen großen Entschluss gefasst habe und das Leben eines Bettelmönchs erstrebe. Wenn dem so wäre, dann hätte aus einem der Tempel des Landes eine Meldung eingehen müssen, er sei in ein Zen-Kloster aufgenommen worden. Die Zeiten hatten sich geändert: Das Leben eines Mönchs beschränkte sich nicht mehr wie zur Edo-Zeit darauf, zu Fuß auf Pilgerreise zu gehen und an die Tore von einsamen Klöstern in unwegsamen Berggegenden zu klopfen. Nein, heute reiste man im Zug und aß unterwegs einen Bahnhofslunch. Angenommen, Jikai sei in einem weit entfernten Zen-Kloster, zum Beispiel in der Präfektur Gifu angelangt, hätte er dann nicht wenigstens eine Postkarte geschickt? Die von allen Äbten der affiliierten Tempel mitunterzeichnete Anzeige, schien dem Abt des Shunkō'in und Generalsekretär der Schule, Terasaki Giō, höchst fragwürdig und erweckte sein Misstrauen.

›Das ist doch der Säufer, dieser verluderte Mönch Jikai, der nicht einmal am Ersten und am Fünfzehnten des Monats zu den Andachten im Haupttempel erschien. Der wird irgendwo auf der Strasse zusammengebrochen und umgekommen sein …‹

Die Zweifel des Generalsekretärs waren nicht unberechtigt. Im Haupttempel versammelten sich überdies die zum Rat gehörenden Mönche der Untertempel und brachten erneut das Problem des Kohōan aufs Tapet, kamen aber zu keinem Schluss. Am Ende ihrer Weisheit angelangt, erwogen sie, ob sie nicht dem Patriarchen der Schule das Ganze zum Schiedsspruch überlassen sollten. Wenn unter den Gemeindemitgliedern bekannt wurde, dass Jikai verschollen war, wäre das, wie weiland die Flucht des Patriarchen des Tōfukuji-Tempels, ein gefundenes Fressen für die Zeitungen, und der entflohene Abt würde zum Gespött. Dann wäre es nicht nur das Problem des Kohōan, sondern der ganzen Schule.

Als Kigakutsu Sugimoto Dokuseki, Zen-Meister und Patriarch der Tōzenji-Schule, vom Abt des Shunkōin das Resultat der Ratsversammlung erfuhr, lächelte er still vor sich hin. Kigakutsu war ein Greis von neunzig Jahren. Sein zahnloser Mund mahlte, als er den besorgten Giō anblickte, und er mümmelte:

»So, Jikai hat den Tempel verlassen? Ist das nicht gut so? Auch das wird ihm eine Übung sein. Lasst ihn gehen, lasst ihn gehen.«

Giō verbeugte sich neunmal und verließ die Wohnung. Er überbrachte dem Rat diesen Bescheid.

Der Grund, weshalb die Zeitungen nicht über das Verschwinden des Abtes des Kohōan, Kitami Jikais, berichteten, mag wohl darin gelegen haben, dass alle den Schiedsspruch Kigakutsus respektierten.

VIII

Es war am siebten November, zwei Nächte vor der Beerdigung Hisama Heizaburōs.

Jinen kam abends gegen neun Uhr aus der Eingangshalle des Wohnhauses die Veranda entlang zum hinteren Teil der Haupthalle. Er öffnete die Tür des Abstellraums hinter dem Altarraum und tastete auf dem Gestell nach dem Klapp- und dem Bambusmesser. Der Wind, der von den Bergen wehte, ließ die Tür des Abstellraums zwei-, dreimal knarrend hin und her schwingen und zuschlagen. Jinen schob eiligst den Riegel vor. Er spähte unter den Fußboden. Der Wind wirbelte den Staub durch den Zwischenraum unter dem Tempel, der um einiges höher war als in gewöhnlichen Häusern. Jinen, den Kopf an die Unterseite der Dielen gelehnt, starrte bewegungslos vor sich hin. Er sah die Kiesel des Vorgartens als weiße Linie. Er kauerte sich nieder und fixierte gebannt den leeren Raum, stieg dann aber langsam auf die Veranda. Er bewegte sich lautlos. Der Wind rauschte.

Jinen kam aus der Haupthalle zurück ins Wohnhaus. Er trat in seine Drei-Matten-Kammer neben der Eingangshalle. Draußen stürmte es. Der mausgraue Himmel war schwach im vergitterten Fenster auszumachen. Jinen setzte sich auf die Tatami-Matte. In der Hand hielt er das Klapp- und das Bambusmesser. Dann erhob er sich leise, trat in die Halle und verschwand im Dunkel des Vorgartens.

Es war nach ein Uhr. Vom Haupttor her ertönte das Rasseln der Kette. Die Nebenpforte war aufgegangen.

Es war Jikai. Er war stockbetrunken. Er trat ein, den Gewichtsstein mit dem Saum seiner Robe streifend, und schwankte torkelnd über den Kiesplatz bis in den Huflattich, der unter der Lagerströmie wuchs. In diesem Augenblick geschah es. Ein Schatten, einem schwarzen Hund gleich, sprang ihn an.

Jikai fühlte einen stechenden Schmerz unter den Rippen. Diesen Schmerz verursachte das Bambusmesser, das in seinem Leib stak. Das Bambusmesser bewegte sich rasch und kräftig von der linken Seite des Bauchs nach oben und bohrte sich tief in sein Herz. Dann durchstach das Klappmesser Jikais Leib, ihm den Gnadenstoß gebend. Blut spritzte. Jikai taumelte, tat vornübergebeugt zwei, drei Schritte, versuchte sich an der Lagerströmie festzuhalten, doch seine Hände glitten am glatten Stamm ab und griffen kraftlos ins Leere. Er stöhnte, aber alsbald verstummte seine Stimme und er schlug schwer auf den Boden.

Als auf den Blättern des Huflattichs Jikais letzte Zuckungen verebbt waren, hob der schwarze Schatten ihn auf. Der Schatten stieß das seitliche Tor zwischen Eingang und Haupthalle auf. Es war Jinen. Das Tor war unverriegelt. Es öffnete sich lautlos. Jinen schleifte Jikai hinter sich her und verschwand unter den Dielen.

Dort stand ein irdener Holzkohleherd. Über diesen spannte sich ein Bratrost. Rundherum lagen zerstreut die Gräten von Karpfen. Das waren die Fische, die Jinen, wenn er hungrig war, mit dem Bambusmesser aufgespießt und gegessen hatte. Der kleingewachsene Jinen bewegte sich flink im Zwischenraum unter dem Tempel. Er legte Jikais Körper, den er bis hierher geschleift hatte, im Dunkel des Abstellraums hinter dem Altarraum ab und bedeckte ihn mit einer Binsenmatte, die dort lag.

Jinen legte sein Ohr auf Jikais Brust, verharrte bewegungslos und lauschte. Darauf nickte er zustimmend, erhob sich und kehrte in den Vorgarten zurück. In der Finsternis begann er, die Huflattichblätter unter der Lagerströmie abzureissen. Für diese Arbeit brauchte er etwa eine Stunde. Seine Hände waren vom Pflanzensaft schwarz verschmiert. Immer wieder trug er diese Blätter unter den Fußboden der Haupthalle.

Der Wind stürmte immer heftiger. Jinen schwang sich vom Hintergarten zur Rückseite der Haupthalle empor. Er glitt über die Veranda zurück in sein Drei-Matten-Zimmer. Es war tief in der Nacht, als es zu nieseln begann.

Am nächsten Tag, dem Achten des Monats, stand er vor Tagesanbruch auf und ging in den Garten. Da waren noch Huflattichblätter. Kein Blut war auf den vom Regen gewaschenen Blättern und dem Kies zu sehen. Trotzdem fegte Jinen den Vorplatz sauber.

Es war gegen halb acht Uhr abends, als Heikichi und Inokichi Hisama Heizaburōs Sarg vom Leichenwagen luden. Jinen stellte den Sarg auf das Podest im Altarraum der Haupthalle und wartete, bis Sesshū, der Abt des Genkōji, eintraf, um die Sūtren zu rezitieren. Sesshū kam mit Tokuzen in die Haupthalle, und er kehrte, nachdem er mit Jinen als Leiter der Zeremonie die Lesung der Totenwache beendet hatte, alsbald zurück.

Abends um elf Uhr kam Tokuzen in die Haupthalle, um vor Inokichi, Denzaburō, Heikichi und Sakuzō im Vorraum zur Rechten die Sūtren zu lesen. Nach der Lesung fragte Jinen:

»Sind Sie einverstanden, abwechselnd aufzubleiben?«

»Ja, wechseln wir uns ab.«

»Gut, dann wollen wir es so machen.«

Sakuzō, Denzaburō und Inokichi zogen sich ins Gästezimmer zurück. Dort lag Bettzeug für vier Personen ausgebreitet.

Jinen setzte sich auf das Kissen in der Mitte des Raumes. Aus dem Sekretär-Pult holte er sich seine Kopie des Kannon-Sūtra. Langsam begann er zu lesen. Kam er zum Ende der Abschrift, begann er wieder von vorn. Und rezitierte weiter. War er fertig, fing er wieder links oben an. Morgens um zwei Uhr schlief Heikichi tief und fest im Vorraum.

»Herr Hisama, gehen Sie rüber und ruhen Sie sich aus!«

Heikichi spürte einen nach Weihrauch riechenden Ärmel über seine Backe streichen und öffnete seine Augen einen Spalt.

»Ablösung! Morgen wird es wieder einen anstrengenden Tag geben, legen Sie sich ein wenig hin.«

Heikichi fühlte, wie unüberwindliche Müdigkeit und der Dämon des Schlafes ihn übermannten.

»Ja, wenn Sie meinen, ich bin so frei«, murmelte Heikichi und ging, von Jinen geführt, ins Gästezimmer. Dort war Bettzeug ausgebreitet. Im Halbdunkel schlüpfte Heikichi auf den vordersten Futon.

Jinen überzeugte sich, dass Heikichi schlief und kehrte in die Haupthalle zurück.

Er löschte die großen Kerzen. Dann strich er langsam mit der Hand über Heizaburōs Sarg. Er griff nach einer Hand voll Weihrauch und legte sie auf den brennenden Haufen. Und rezitierte das Sūtra.

Myōshakaishitsudan'e sokutokugēdatsu, nyakusanzendaisen, kokudomanchū, onzokūitsu, shōshoshōnin, saijijūhōkyō kakenro, gōchūichinin, sāzeshōgon, shōzennanshi …

Während er seinen Text intonierte, schlüpfte er unter dem schwarz-weiß gestreiften Vorhang durch und streckte die Hand in eine Ecke des Aufbewahrungsorts der Totentafeln. Dort lag ein Klauenhammer, der dazu diente, Nägel sowohl einzuschlagen als auch herauszuziehen.

Immerfort rezitierend, zog er das weiße Tuch von Heizaburōs Sarg und begann den Deckel aufzubrechen. Das Klopfen des Hammers durchbrach die Stille.

Sēoshū, jō, nyōtō'nyakushōmyōsha, ōshionzokutōtokugēdatsu …

Jinen brauchte den Hammer als Hebel und stieß ihn mit ganzer Kraft in den Spalt unter dem Deckel, sodass sich dieser ächzend hob. Das Knarren wurde lauter, bis ein trockener Knall ertönte, die Nägel sich auf allen vier Seiten lockerten und der Deckel, wie ein Lebewesen, von selbst in die Höhe sprang. Ein Auge starrte offen aus Heizaburōs bärtigem Gesicht in der Tiefe des Sarges. Seine totenstarren Wangen zeigten Leichenflecken wie schmutzige Gartenkiesel. Jinen nahm in aller Ruhe das Augenmaß des Abstandes zwischen Heizaburōs Gesicht und dem Sargdeckel. Heizaburōs Beigaben für die andere Welt waren ein Arbeitskittel, Kimonos sowie die Malerwerkzeuge, die er zu Lebzeiten benutzt hatte. Jinen legte alles mit den Kleidern ordentlich zusammen in eine Ecke.

Darauf breitete er das weiße Tuch wieder über den Sarg. Dann hob er unter Aufbietung seiner ganzen Kraft die große Klangschale, deren Boden gerundet war, von der Seite des Sekretär-Pultes auf die Tatami-Matten, zog sie kreisend durch den Vorraum und die Hintertür auf die Veranda und stieg dann unter die Dielen. Jikais Leiche lag starr unter der Binsenmatte. Jinen zog den Körper hervor, zerrte ihn, hinter sich herschleifend, die Treppe hinauf auf die Veranda und legte ihn auf die runde Klangschale. Jikais steifer Körper kam mit dem Hintern in der Höhlung zu liegen. Er wabbelte ein wenig und fügte sich in die Klangschale. Jinen schob sie, wieder immer im Kreis drehend, vom Vorraum zum Altarraum. Jikais Körper glich einem Karpfen auf einer Schüssel. Jinen schob nun den Leichnam neben den Sarg im Altarraum, zog das weiße Tuch beiseite und wuchtete Jikais Körper mit aller Kraft hoch. Den totenstarren Kopf hakte er am Sargrand ein. Mit letzter Kraft schob er die Leiche über den Rand und ließ sie vollends hineinfallen. Er legte den Toten entgegengesetzt zu Heizaburō und drückte sein Gesicht zwischen die behaarten schmutzigen Beine. Jikais gespreizte Beine, zwischen die Heizaburōs Brust und Gesicht eingeklemmt waren, stopfte er in den Zwischenraum beiderseits. Jinen holte Heizaburōs Arbeitskittel. Und bedeckte Jikais Rücken damit. Er schloss den Deckel. Schlug die Nägel ein. Legte das weiße Tuch darüber wie zuvor.

Dann zündete er die Kerzen wieder an, ließ sich auf dem Sitz in der Mitte nieder und intonierte weiter das Sūtra.

Nenpikannonriki, dōjindandan'e wakushū, kinkāsa, shū sokuhichūkai, nenpikannonriki ...

Während der Rezitation fiel sein Blick aus den Augenwinkeln auf die Papierschiebetüren. Plötzlich hielt er inne: Seine Augen blitzten im flackernden Licht der großen Kerzen auf.

Er hatte die Wildgänse erblickt. Sie schienen mit den Flügeln zu schlagen. Jedes Mal, wenn das Licht auflöderte, riefen sie.

Jinen erhob sich, stets singend, und kehrte in den Raum unter dem Tempel zurück. Zusammen mit Heizaburōs Sargbeigaben, entsorgte er die Binsenmatte. Er kam langsam wieder in die Haupthalle zurück. Wieder auf seinem Sitz fuhr er fort das Sūtra zu intonieren. Da begannen sich die Wipfel des Kiefernwäldchens des Kinugasa-Berges in der Dämmerung weißlich abzuzeichnen.

Am Nachmittag des Neunten wurde die Trauerfeier in der Anwesenheit von sechsundzwanzig Familiemitgliedern der Hisamas zelebriert. Die Mönche der affiliierten Tempel saßen in zwei Reihen, Sesshū leitete die Zeremonie. Als der Sarg den Tempel verließ, wurde er von Heizaburōs Onkeln aus seiner Heimat Fukuchiyama und seinen jüngeren Brüdern getragen. Die Träger des Vortages, Inokichi und Denzaburō, hatten das Grab geschaufelt und Heikichi und Sakuzō waren anderweitig beschäftigt.

»Dieser Tote ist fürchterlich schwer!«, murmelte Kumatarō, der in der Provinz Tanba als Köhler arbeitete, mit heiserer Stimme, doch mochte dies darauf zurückzuführen sein, dass das ganze Gewicht auf ihm lastete, als einem der anderen die Kraft versagte. Wie dem auch sei – seine Stimme ging im Singsang der vier Mönche und fünf Gehilfen unter. Das Haupttor stand offen. Der Sarg bewegte sich über den weißen Kies, Sesshū führte den Zug an. Purpur, rot, gelb und orange zogen die Stolen und Roben vorbei. Jinen, der wieder die Rolle des Leiters der Zeremonie versah, hielt den großen roten Schirm über Sesshūs Kopf, sah die gebeugten Rücken der Träger Kumatarō und Kōta vor sich. Bald erreichte der Sarg den Friedhof am Fuß des Kinugasa-Berges.

Das Grab war ausgehoben. Der Sarg wurde von acht Männern in die Grube gesenkt, und war innerhalb weniger Minuten mit schwarzer Erde bedeckt.

Gleich nach der Rückkehr in den Tempel entfachte Jinen ein Feuer. Er verbrannte die Utensilien aus grünem Bambus und die künstlichen Blumen, die nach dem Begräbnis verstreut herum lagen, die Binsenmatte und die Huflattichblätter, dazu die Sargbeigaben Heizaburōs sowie die Bücher aus Jikais Wanderjahren, die er versteckt gehalten hatte.

Es ging nicht an, dass in der Asche verkohlte Überreste zurückblieben. Jinen sah zu, wie das Feuer rot aufloderte, bis alles völlig verbrannt war. Währenddessen gedachte er der harten Zeit, seit er in den Tempel gekommen war, seines zermürbenden und erniedrigenden Lebens. Er war allein gewesen, nicht nur als er im Dorf in Wakasa lebte, sondern auch in Kyōto – ohne einen Menschen, der seine Einsamkeit gelindert hätte. Was hatte er sich in seinen Träumen ausgemalt? In der Mittelschule hatte er sich nichts erträumt. Denn was er dort verspürte, war der Hass gegen das unbarmherzige Exerzieren. Nur die Erniedrigung, mit seinem Kavalleriegewehr auf der Schulter hastig hinter allen anderen herzutrotten, war in Jinens Gedanken lebendig geblieben. Und was hatte er sich vom Leben im Tempel erträumt? In den Mußezeiten des unerbittlichen Tagwerks hatte er sich nur eine Vision ausgemalt: die Idee, den Tempelalltag, an den er sich, obwohl er darunter litt, gewöhnt hatte, zu nutzen und, wenn er nur die Zeit klug berechnete, einen Mord zu begehen und die Leiche in einen Sarg zu packen. Dies aber blieb stets nur eine Vision. Es war in keiner Weise direkt mit Mordabsichten an Jikai verbunden. In jener Nacht jedoch, als er von Satoko überrumpelt wurde, überwältigte ihn der Schock, ein unbeschreiblicher Tumult der Empfindungen, eine Mischung aus Hass und Zuneigung Satoko gegenüber. Was ihn nach dem süßen Rausch überkam, war nur noch ein Gefühl: unbändiger Hass auf Jikai. Er hasste den Mönch, der ihn allmorgendlich mit der Hanfschnur weckte, dass ihm die Hände einschliefen. Das Verhalten des Meisters, glich es nicht den Schlangen, die sich auf dem Grund des Nestes des Milans wanden? Das schändliche Treiben des Mönchs und Satokos Nacht für Nacht, das er erspäht hatte …

Diesen Jikai hatte er schließlich aus dieser Welt ins Grab versenkt.

Am Morgen des zehnten Tages nach dem Begräbnis von Hisama Heizaburō betrat Jinen die Haupthalle und den Altarraum, doch als er Nangakus Wildgänse erblickte, glomm in seinen Augen ein unheimliches Licht. Er stand vor dem Gemälde der kleinen Wildgans, die im Schatten der Kiefer von der Mutter gefüttert wurde. Jinen stieß den Finger mit aller Kraft durch das Bild der Wildgansmutter auf der Tür und durchbohrte sie. Nur dort klaffte ein Loch, das darunter gespannte Papier kam zum Vorschein, die Holzleisten lagen entblößt.

Es war am nächsten Tag, dass Jinen aus dem Kohōan verschwand, genau am dreizehnten Tag, seit der Abt Kitami Jikai verschollen war.

»Ich werde dem Meister nachreisen!«, hatte Jinen zwei, drei Tage zuvor zu Satoko gesagt, und Satoko, die ihn nicht ernst genommen hatte, stellte am nächsten Morgen bestürzt fest, dass er aus dem Wohnhaus verschwunden war.

»Jinen, Jinen!«

Satoko lief laut rufend durch den Tempel. Doch Jinen war nirgends zu finden. Auf der Tatami-Matte des gedielten Drei-Matten-Zimmers neben der Vorhalle stand der Weidenkoffer, und der abgenutzte Futon Jinens war zusammengefaltet.

Satoko kam in die Haupthalle. Sie fühlte sich mutterseelenallein. Sie betrachtete die Gemälde Nangakus im Altarraum. Die zehn Jahre, seit sie sie zuerst erblickt hatte, während Nangaku ihr Ohr liebkoste, zogen wie im Fluge in ihrem Gedächtnis vorüber und entschwanden wieder.

»Der Kohōan wird der Tempel der Wildgänse sein, der Westen Kyōtos wird um eine Sehenswürdigkeit reicher sein.«

Diese Worte, die Nangaku oft geäußert hatte, klangen jetzt noch in Satokos Ohren. Und als ihr Blick auf den unteren Teil der vierten Türe fiel, sah sie, dass dort – und nur dort – eine Wildgans durchbohrt war.

»Wer kann nur so etwas getan haben!«

Sogleich wusste sie, dass es nur Jinen gewesen sein konnte. Das Bild der Wildgans, das auf dieser Tür prangte, stellte die Wildgansmutter mit ihren aufgeplusterten weißen Brustflaumfedern dar. Ein wunderschönes Gemälde, auf dem ein schreiendes Wildgansjunges, in flaumiges Gefieder gehüllt, gefüttert wurde.

Satoko erbleichte. Denn sie erinnerte sich an Jinens Gestalt, der immer, wenn er diesen Raum betrat, diese eine Stelle angestarrt hatte. Satoko fühlte Erbarmen mit Jinen, der die Wildgansmutter zerstört hatte. Doch als gleich darauf der schreckliche Verdacht in ihr aufstieg, Jinen habe nicht nur die Muttergans zerfetzt, sondern könnte sogar etwas mit Jikais Verschwinden zu tun gehabt haben, lief ein entsetzlicher Schauder über ihren Rücken.

Satoko erinnerte sich an die einsame Nacht des Siebten, als Jikai nicht zurückgekehrt war und der Sturmwind tobte. In jener Nacht hatte Satoko in unsagbarem Grauen kein Auge zugetan. Überdies hatte Jinen, so erinnerte sich Satoko, obwohl er den sterbenden Heizaburō im Haus der Hisama in Imadegawa gesehen haben musste, als er zur Sūtrenlesung gegangen war, kein Wort darüber verloren. Heizaburōs Tod war am nächsten Tag angekündigt worden. Warum nur hatte Jinen auch dann nicht erwähnt, dass der Bruder von Hisama Heikichi todkrank im Bett gelegen hatte? Hatte Jinen womöglich etwas Furchtbares getan? Doch was konnte dieses Furchtbare sein? Der Verdacht, der in Satokos Herz aufgekeimt war, blieb schließlich unausgesprochen. Sie zitterte. Dann schüttelte sie den Kopf und verbannte diese entsetzliche Befürchtung.

Nach einem Monat kehrte Kirihara Satoko in ihr Elternhaus zurück. Im zweiten Monat nach ihrem Weggang wurde ein neuer Abt in den Kohōan-Tempel eingesetzt. Niemand kannte den Aufenthaltsort des vormaligen Abts Kitami Jikai und dessen Gehilfen Jinen. Die Gerüchte, die sich um die beiden und auch um Satoko rankten, verstummten bald.

In der Haupthalle des Kohōan im Westen Kyōtos sind die Wildgans-Gemälde Kishimoto Nangakus bis heute erhalten geblieben. Die großen, mit Gold bestäubten Schiebetüren haben sich im Laufe der Zeit zu einem matten Rotbraun verfärbt, doch die Schar der Wildgänse, die unter den Ästen der alten Fichte lagert, lebt noch in alter Pracht. Auch die Lücke, wo einst die Muttergans ihr Kleines fütterte, klafft noch wie einst.

Nachwort

Nicht wenige japanische Autoren des 20. Jahrhunderts sind höchst eigenwillige Persönlichkeiten mit ungewöhnlichem, geradezu romanhaftem Werdegang – meilenweit entfernt von jeglicher Norm. Mizukami Tsutomu[1] ist einer von ihnen, zugleich einer der fruchtbarsten Schreiber der letzten fünfzig Jahre, ein Publikumsliebling sondergleichen, ein Volksschriftsteller in einem genuinen, positiven Sinn, der sich kaum einer literarischen Strömung zuordnen lässt. Wer seinen persönlichen Hintergrund, besonders die Zeit, bis er sich als Autor etablieren konnte, auch nur in groben Zügen kennt, wird seine Werke, so auch den vorliegenden Roman, mit anderen Augen lesen.

---

1 Bis gegen Ende der 1980er Jahre war er unter der Namensvariante Minakami bekannt, seither nannte er sich Mizukami. Es handelt sich um zwei verschiedene Lesarten desselben Zeichens. Der Wechsel hängt wahrscheinlich mit einer schweren Herzattacke zusammen, die er 1989 während eines Besuchs in China zur Zeit des Tienanmen-Massakers erlitt. Seine Erscheinung war danach von Gebrechlichkeit gezeichnet. In Japan ist eine Namensänderung nach solchen Schicksalsschlägen nicht unüblich.

Mizukami Tsutomu wurde am 8. März 1919 im Weiler Okada, Dorf Hongō, Bezirk Ōi, Präfektur Fukui geboren, einer abgelegenen Gegend am japanischen Meer, die noch heute unter dem alten Provinznamen Wakasa bekannt ist. Er wuchs als zweitältestes von fünf Kindern in äußerst ärmlichen Verhältnissen auf. Sein Vater war Tempel-Zimmermann, schlug sich allerdings hauptsächlich mit der Herstellung von Särgen und Grabtafeln durch. Die Mutter ernährte ihre Kinder sowie eine blinde Großmutter weitgehend selbständig mit Tagelöhnerarbeit. Elektrisches Licht konnte man sich nicht leisten. Dennoch war es nicht so, dass der Junge unter der Armut wirklich gelitten hätte. Zudem konnte er die lokale Schule bis zum 4. Schuljahr besuchen – weiter führte sie nicht. So steckte man ihn im zarten Alter von neun Jahren als Novize in einen Tempel des Shōkoku-ji in Kyōto, wo er dem Priesterehepaar zu Diensten sein musste. Freilich lernte er dort auch die Rezitation der Sutrentexte und konnte die Elementarschule bis zum 6. Schuljahr sowie danach die Mittelschule besuchen. Für die Eltern hatte wohl beides dasselbe Gewicht: Einen Esser weniger füttern zu müssen und dem Kind einen weiterführenden Schulbesuch zu ermöglichen. Solche Praktiken waren in der damaligen japanischen Gesellschaft weit verbreitet.

In Kyōto fühlte sich der Junge einsam. Zwar zeigte er sich als gelehriger Schüler, und er wurde auch bald als Novize ordiniert, aber seine Dienste versah er nur mit mäßigem Erfolg und er entwickelte einen pubertären Widerspruchsgeist. Mit dreizehn Jahren lief Mizukami ein erstes Mal davon. Unmittelbarer Anlass war, dass die Frau des Priesters ein Kind geboren hatte, und er nun auch noch dessen Windeln waschen sollte. Er wandte sich an seinen Onkel mütterlicherseits, der in Kyōto ein bescheidenes Leben als Sandalenmacher führte und ihm auch später wiederholt eine erste Zuflucht bot. Der Junge kam in andere Tempel, machte als junger Mönch einmal in seiner Heimat mit Sutrenlesungen zur Bon-Zeit die Runde und brachte es immerhin dazu, seine Mittelschulzeit regulär abzuschließen. Doch mit achtzehn kehrte er dem Tempelleben endgültig den Rücken. Er besuchte ein halbes Jahr lang Abendkurse an der Ritsumeikan-Universität in Kyōto, kam jedoch auf die schiefe Bahn und verbrachte die meiste Zeit in Kneipen und Bordellen. Das konnte er sich kurze Zeit leisten, weil er eine Anstellung bei der Präfektur gefunden hatte: Er arbeitete als Anwerber für junge Leute, die bereit waren, in die Mandschurei auszuwandern. 1938 entschloss er sich, selber dorthin zu gehen. In Mukden sollte er als Hilfsaufseher für Kulis eingesetzt werden. Diese Arbeit ertrug er nicht lange. Er bekam Tuberkulose, spuckte Blut und kehrte krank nach Japan zurück. Mit einer kleinen Rente versehen fand er für ein Jahr Unterschlupf bei seinen Eltern. Während dieser Zeit der Rekonvaleszenz las er Bücher in großen Mengen und fand so zur Literatur.

1940, im Alter von einundzwanzig Jahren, begab er sich nach Tōkyō und wurde von seinem Vater, der vorübergehend dort arbeitete, sehr ungnädig empfangen. Über

Bekannte fand er meist kurzfristige Beschäftigungen bei Zeitungen, Filmverleihen und Verlagen. Er lebte mit einem Mädchen zusammen, von dem er sich trennte, als ein Kind geboren und zur Adoption weitergegeben wurde. Die Bombardierungen von Tōkyō verschlimmerten sich. Zusammen mit einer neuen Frau, diesmal verheiratet, und dem Vater kehrte er 1944 in die Heimat Wakasa zurück, wo er als Hilfslehrer eine Anstellung fand. Dem Kriegsdienst entging er aus gesundheitlichen Gründen und wurde nur kurz zum Hilfsdienst als Pferdepfleger eingezogen.

Gleich nach Kriegsende ging er im September 1945 wieder nach Tōkyō. 1946 wurde ihm eine Tochter geboren. Er schlug sich als Verlagsangestellter und Redakteur einer literarischen Zeitschrift durch, lernte viele Literaten kennen, u. a. seinen Lehrmeister Uno Kōji. 1948 kam ein erstes autobiografisches Werk *Furaipan no uta* (Lied der Bratpfanne) heraus, das ihm kurzen Erfolg einbrachte. Es folgte auch eine erste Vorstufe der Erzählung *Gan no tera*, doch noch war er nicht bereit für eine Schriftstellerkarriere. Er lebte mit seiner Familie stets am Rande des Bankrotts. 1949 lief ihm schließlich seine Frau davon und ließ die kleine Tochter zurück. Mizukami hielt sich weiterhin mit kleinen Redaktions- und Auftragsarbeiten über Wasser. Die ins Schuleintrittsalter kommende Tochter schickte er 1952 zu den Eltern nach Wakasa.

Von 1954 an betätigte er sich jahrelang als Kleiderhausierer, bis auch hier seine Lieferfirma zusammenbrach. 1956 heiratete er wieder. 1959 gelang ihm endlich der Durchbruch als Autor eines Kriminalromans *Kiri to kage* (Nebel und Schatten). Es folgte ein Werk über die Minamata-Krankheit (aufgrund einer Quecksilberverschmutzung des Meeres in Westjapan), wobei er eigene Recherchen anstellte. Und 1961 erschien schließlich das Werk *Gan no tera* (Im Tempel der Wildgänse), das ihm den angesehenen Naoki-Preis eintrug.

Damit beginnt die zweite Hälfte seines Lebens, eine Zeit explosionsartiger Produktivität. Er wendet sich vom Kriminalroman ab und findet sein eigentliches Thema in der Menschendarstellung, besonders in der Darstellung von Vertretern des einfachen Volks, von Randgruppen und Außenseitern. Später kommen biografische Darstellungen von zentralen Figuren des Buddhismus wie Ikkyū und Ryōkan hinzu. Sie zeigen, wie sehr er, trotz aller Auflehnung, von der buddhistischen Gedankenwelt und Lebensweise geprägt war. 1975 wird ihm der renommierte Tanizaki-Preis für *Ikkyū* zugesprochen. Schon 1968 erscheinen »Ausgewählte Werke« in 6 Bänden; 1976–1978 eine Gesamtausgabe in 26 Bänden; 1966–1997 eine Zusatzserie zur Gesamtausgabe in 16 Bänden. Im Alter erwirbt er sich in der Nagano-Präfektur ein mitten in Bambuswäldern auf einem Hügel gelegenes Haus, wo er sich bemüht, die halb vergessene Kunst der Papierherstellung aus Bambus wieder zum Leben zu erwecken. Er stirbt daselbst am 8. September 2004. Angesichts des umfangreichen Schaffens und der ungeheuren Popularität Mizukamis in Japan mutet es seltsam an, dass er im Ausland so wenig zur Kenntnis genommen wurde. Zwei Romane sind ins Französische übersetzt, einige Erzählungen in Englische und ins Tschechische. Die einzige auf Deutsch erschienene Erzählung »Winter-Kaki« wurde vom Schreibenden übertragen und in eine Anthologie[2] aufgenommen.

Eduard Klopfenstein
Zürich, Neujahr 2008

---

[2] *Mondscheintropfen. Japanische Erzählungen 1940–1990.* Hrsg. von Eduard Klopfenstein. Theseus Verlag, Zürich/München 1993. S. 61–74. (hier wurde noch die Namensvariante Minakami verwendet).

Glossar

Als Quellen für das Glossar dienten: Google, Wikipedia, Deutsch-japanisches online Wörterbuch (wadoku), Japanische elektronische Wörterbücher; Komatsu Chiko, Die Lehre Buddhas und der Weg zum Frieden. MOAG 127. Hamburg 1996, S. 278; das Glossar des Lotos Sūtra in: Das Lotos-Sūtra, übersetzt von Max Deeg, mit einer Einleitung von Max Deeg und Helwig Schmidt-Glintzer. Wissenschaftliche Buchgesellschaft (WBG). Darmstadt 2007 [Unterstützung durch Soka Gakkai International e. V.].

affiliierte Tempel – Buddhistsiche Schulen haben meist einen Haupttempel (Residenz des Patriarchen und der Verwaltung etc.), andere zur Schule gehörende Tempel – außerhalb (auch »Untertempel« 末寺 *matsuji*) oder innerhalb und außerhalb (法類 *hōrui*) eines Tempelbezirks sind affiliierte oder assoziierte Tempel.

Amida – (阿弥陀) Sanskr. Amitābha, *Buddha des Unermesslichen Lichtglanzes*; ist der Name eines transzendenten Buddha, dem im gesamten sino-japanischen resp. ostasiatischen Raum große Verehrung zuteil wird, ein Buddha, der dem »Reinen Land«, in der buddhistischen Kosmologie ein im Westen befindliches Zwischenparadies, vorsteht.

Bosatsu – (菩薩) Sanskr. Bodhisattva; Wesen, das die Fähigkeit und Möglichkeit zur Erleuchtung in sich trägt, zukünftiger Buddha, der auf dem Pfade zur Erleuchtung (Bodhi) wandelt und den Schritt in die letzte Vollkommenheit hinauszögert, um anderen Lebewesen als Erlösungshelfer beizustehen.

Butchō-sonshō-darani – (仏頂尊勝陀羅尼) diese Dhāranī wird zusammen mit dem Shōsai-jū (消災呪) rezitiert, um das Böse zu läutern, Gesundheit und langes Leben und für sich selbst und andere die Wiedergeburt im westlichen Paradies zu erlangen.

Daihishin-darani – (大悲心陀羅尼) eine Dhāranī, die vor Unheil schützen soll.

Darani – (陀羅尼) Sanskr. Dhāranī. Eine Dhāranī ist eine oft metrische magische Wirkformel, die die Wirkkraft einer heiligen Lehre oder Schrift enthält. Dhāranīs gibt es sowohl im Hinduismus als auch in den verschiedenen buddhistischen Schulen (insbesondere den esoterischen).
Wörtlich bedeutet es »das, wodurch etwas aufrecht erhalten wird«, und bezeichnet oft buddhistische Sprech-

gesänge ohne Sinnzusammenhang. Die Rezitationen erfolgen in der Originalsprache Sanskrit (phonetisch). Da sie nicht zur Belehrung oder Erbauung gelesen werden, sondern zur »Beschwörung«, ist es bedeutungslos, ob der Hörer sie versteht.

Edo-Zeit – historische Epoche von 1603–1868, benannt nach Edo, dem damaligen Namen von Tōkyō. Wird auch Tokugawa-Zeit genannt, nach dem Familiennamen der damaligen Herrscher bzw. Shogune. Nach der Edo-Zeit folgt die Meiji-Zeit, d. h. die Regierungsperiode des Kaisers Meiji (1868–1912).

Familientempel – ist für die Bestattungs- und Gedenkriten für die Familien der Gemeinde zuständig.

Hannya·shingyō – (般若心経); Sanskr. Prajñāpāramitā-hridaya-Sūtra; »Herz-Sūtra«; Sūtra von der Vollendung der Weisheit.

Idaten – (韋駄天) Schutzgottheit der Zen-Tempel.

Jizōbon – (地蔵盆) Allerseelen, vor allem Kindern gewidmete Totengedenkfeiern.

Jizō Bosatsu – (地蔵菩薩) Sanskr. Bodhisattva Ksitigarbha, ist eine besonders in Japan populäre Bodhisattva-Figur. Die Jizō-Statuen zeigen einen buddhistischen Mönch mit kahl geschorenem Schädel, der in der Hand einen Pilgerstab hält. Oft wird Jizō auch als Kind dargestellt. Jizō ist besonders deshalb beliebt, weil er die Seelen auf ihrem Weg in die Unterwelt (vor allem Kinder) begleitet. Legenden erzählen, wie er in die Hölle hinab steigt und die Sünder rettet. Daher findet man die meisten Jizō-Statuen auch auf Friedhöfen.

Kannon, auch Kanzeon – (観音/観世音) Sanskr. Bodhisattva Avalokiteśvara (»Herr, der herabblickt«).
Als eine der am meisten verehrten Figuren des ostasiatischen Buddhismus ist Kannon wohl die beliebteste Gottheit im buddhistischen Pantheon. Seit der Ankunft des Kults in Ostasien Ende des 6. Jh. volkstümlich als weibliche Gottheit verehrt, als personifizierte Güte und Barmherzigkeit.

Kannon-fumonbon oder Kannon-gyō-fumonbon XXV → Kannongyō.

Kannongyō – (観音経) »Kannon-Sūtra« oder Avalokiteśvara-Sūtra ist das 25. Kapitel des Lotos-Sutra, jap. Myōhōrengekyō (妙法蓮華経), Sanskr. Saddharmapundarīka-Sūtra, »Sūtra vom Lotos des Wunderbaren Gesetzes« oder Hokkekyō (法華経) »Lotos-Sūtra«. Das Kapitel trägt den Titel »Kanzeon-bosatsu-fumonbon XXV« (観世音菩薩普門品), »Das universale Tor des Bodhisattva Avalokiteśvara«, und wird häufig als eine eigenständige Sūtra behandelt.

Kotatsu – ein Tisch mit einer Steppdecke darüber und einem Fußwärmer darunter.

Lagerströmie – jap. *sarusuberi* (百日紅) Lagerströmia indica L. ist ein Zierstrauch, ein Myrtengewächs, aus der Familie der Weiderichgewächse und blüht von August bis Oktober in China und Japan und allen tropischen Ländern. (Zander, Handwörterbuch der Pflanzennamen). Deutsch: Kräuselmyrten oder (seltener) Kreppmyrten (Wiki).

Laie – ein Laie ist ein gläubiger Buddhist. Ein Mönch hat dagegen eine Ausbildung hinter sich (erst als Novize, dann in einem Kloster; lebt in einem Kloster, als Wandermönch oder als ein Mönch, der eine Gemeinde betreut), ist ordiniert, hat den Kopf geschoren, trägt Mönchskleider (weiß) und lebt im Zölibat. Diese Regelung galt noch 1930 (Handlungszeit des Romans), wurde aber später aufgehoben.

Murata-Gewehr – Gewehr der ehemaligen kaiserlichen Armee.

Musō Kokushi – (夢窓国師, Landesmeister Musō), »Landesmeister« ist ein vom Kaiser an einen verdienstvollen Mönch verliehener Titel.

Myōshaku shitsudan'e … – Stelle aus dem Kannon Sūtra: Deeg, S. 306: »dann würden alle Fesseln zerreißen, und er würde sofort befreit davon. Oder nehmen wir an, es gäbe einen Ort, angefüllt mit üblen Räubern der tausend-millionenfachen Welt, und da wäre ein Handelsherr, der mit einer Gruppe von Kaufleuten mit den ganzen Schätzen über einen steilen Bergpfad käme – und dieser eine Handelsherr würde folgendes ausrufen: ›Oh, Söhne aus gutem Hause!‹ …«

nanmandabu – Anrufung des Amitābha → Buddha. Sanskr. Namo Amitābha Buddha. Vergegenwärtigung von Amitābha Buddha, die jap. Formel lautet Namu Amida Butsu (南無阿弥陀仏), »Verehrung dem Amitābha Buddha«. Im Laufe der Zeit hat sich diese Formel verändert zu »*nanmandabu*« etc.

niwazume – (庭詰め) eine religiöse Übung, in der ein Novize tagelang vor dem Eingang eines Klosters sitzen gelassen wird, um ihn auf eine Geduldsprobe zu stellen und die Ernsthaftigkeit seiner Absichten zu prüfen.

O-Bon – oder nur Bon (盆, お盆) ist ein japanischer buddhistischer Feiertag zu Ehren der Geister der verstorbenen Ahnen.

Segaki-Feiern – (施餓鬼) Gaki Sanskr. Preta (»Hungergeister«) sind Lebewesen, die in einer Hölle wiedergeboren sind, in der sie hungrig umherirren. Segaki ist eine Totenfeier, die den Hungergeistern Speisen darbringt.

Sekretariat des Abtes – aus Höflichkeit wurde der Abt nicht direkt angeschrieben, sondern ein Brief an das »Sekretariat« adressiert.

Sen – ein Sen entspricht 0,01 Yen.

Shakyamuni (jap. Shakamuni) – (釈迦牟尼) Siddhattha Gotama (Pāli) bzw. Siddhartha Gautama (Sanskrit) wurde, gemäß der Überlieferung, 563 v. Chr. in Lumbini, im heutigen Nepal, als Sohn aus dem Geschlecht der Ksatriya, der Shakya in der Familie Gautama geboren, daher der Beiname Shakyamuni, »Weiser aus dem Geschlecht der Shakya«. Kshatriya ist eines der vier Varnas der altindischen sozialen Hierarchie: 1. Brahmanen (religiöse Autoritäten, z. B. Priester), 2. Kshatriyas (weltliche Autoritäten, z. B. Fürsten, Militärs etc.), 3. Vaishyas (Händler und Handwerker), 4. Sudras (unterste Schicht, Bauern und Unberührbare).

Shōsai-myō-kichijō-darani – (消災妙吉祥陀羅尼) eine Dhāranī, die kraft der Erhabenheit Buddhas die Vertreibung böser Geister und Glück bewirken soll.

Shōsai-ju – (消災呪) Abkürzung von Shōsai-myō-kichijō-darani (→).

Sukiya-Stil – (数奇屋) ein im Garten allein stehendes Teehaus für die Teezeremonien.

Sutekichi – (捨吉) (Abkürzung »Sute«) bedeutet so viel wie »ausgesetztes Kind«.

Sūtra – Sūtras (経 *kyō, gyō*), von Schülern mündlich verbreitete und später aufgezeichnete Lehrreden des Buddha.
Oft wendet sich der Buddha in diesen Lehrreden, die stets um ein bestimmtes Thema kreisen, an eine Gruppe von Mönchen. Ein situativer Einstieg und zusätzlich eingeschobene Schilderungen in Prosa sind charakteristisch. Um jedoch die Verfälschung des Textes beim mündlichen Weiterreichen von Generation zu Generation zu verhindern, wurde abschnittsweise eine Versform verwendet. Der Vers, der eine bestimmte Metrik aufweist, kann sich nicht unbemerkt verändern. Texte in Versform, die zudem mit einer Melodie gesungen oder psalmodiert werden, sind wesentlich leichter zu merken und zu erinnern.

Sūtrentexte – Die meisten in diesem Text vorkommenden Zitate sind aus dem Zusammenhang gerissene Zitate aus dem Kannon Sūtra. (Sūtren erscheinen in der ursprünglichen chinesischen Textgestalt, die chinesischen Schriftzeichen werden aber mit japanischer Aussprache gelesen.)

Tanba – ehemaliger Name der Gebiete des nördlichen Teils der Präfektur Kyōto und des mittleren Teils der heutigen Präfektur Hyōgo. Gebiete also, die früher Verwaltungsbezirke (Provinzen) waren, heute aber zu anderen Präfekturen gehören (vgl. die Bemerkung zu »Wakasa«).

tangazume – (旦過詰) ein Teil der Ausbildung, wobei man in einen Raum eingeschlossen meditiert und fastet. Diese Übung und das *niwazume* dienen dazu, die Novizen auf eine Geduldsprobe zu stellen und die Ernsthaftigkeit ihrer Absichten zu prüfen.

Tatami – Tatami (畳) eine Matte aus Reisstroh, die in Japan als Fußbodenbelag verwendet wird. In der Nacht wird der Futon auf den Tatami ausgebreitet, um als Schlafstätte zu dienen.
Tatami bestehen aus einem fest gebundenen Reisstrohkern, auf dem eine Binsenmatte aus Igusa-Gras liegt, fixiert durch seitlich angenähte Baumwollbänder. Eine Tatami ist 5,5 cm dick, in Kyōto und Westjapan 95,5 cm × 191 cm. Tatami dienen auch als Flächenmaß zur Angabe von Wohnungs- und Zimmergrößen (das Zeichen für Tatami wird in dieser Bedeutung sinojapanisch *jō* ausgesprochen). Ein *jō* entspricht etwa 1,64 Quadratmetern, die genaue Größe hängt von der Region ab. Standardgröße eines Zimmers sind 6 Matten.

Tokonoma – 床の間 traditionelle japanische Zimmernische.

Totentafel – (位牌) sind kleine, aus Holz gefertigte Tafeln, auf denen der Name des Gestorbenen, sein Todesdatum und sein postumer Name steht. Sie werden nach dem Begräbnis vor dem bzw. im Hausaltar aufgestellt. Die Familien – sowie und an Totengedenktagen ein Mönch – rezitieren Sūtren und andere buddhistische Schriften für das Seelenheil der Verstorbenen.

Wakasa – ehemaliger Provinzname. Bezeichnet heute den Westteil der Präfektur Fukui.

Die japan edition im be.bra verlag

Gen'yû Sôkyû
Das Fest des Abraxas

ISBN 978-3-86124-903-0
160 S., 22,00 €

Tsutsui Yasutaka
Mein Blut ist das Blut eines anderen

ISBN 978-3-86124-902-3
224 S., 26,00 €

Kurahashi Yumiko
Die Reise nach Amanon

ISBN 978-3-86124-901-6
416 S., 26,00 €

Ein Zen-Mönch beschreibt die Suche eines Japaners nach Identität zwischen Klöstern, Totenritualen und Geistern sowie einer Alternativkultur mit Rockmusik und Drogen. Zu erfahren ist viel aus dem Leben der Zen-Mönche, aber auch über ein gegenwärtiges Japan, das an der Moderne leidet: Ein faszinierendes Bild einer Spiritualität im Wandel.

Gen'yû Sôkyû, geb. 1956, promovierte über chinesische Literatur an der Keio Universität. Mit 28 Jahren wurde er buddhistischer Mönch. Sein erster Roman wurde im Jahr 2000 für den renommierten Akutagawa-Preis nominiert. Der Autor steht zusammen mit seinem Vater einem Zen-Tempel in der Präfektur Fukushima vor.

Kinukawa, der unscheinbare Angestellte eines Bauunternehmens, rastet aus und richtet unter Verbrechern ein Blutbad an. Nun gerät er zweifach ins Visier der Yakuza: Die einen jagen ihn, die anderen wollen ihn für ihre Organisation gewinnen. Wilde Kämpfe und Bandenkriege nehmen ihren Lauf ...

Tsutsui Yasutaka, geboren 1934, der japanische Guru der »Metafiktion«, gilt als einer der innovativsten Autoren Japans. Für seinen Stil sind vor allem Slapstick-Elemente und Schwarzer Humor typisch. Er ist bereits ins Englische und Französische übersetzt worden. Sein großes Vorbild ist »Marx« – Groucho Marx.

Die Reise ins sagenumwobene Land Amanon wird für den Missionar P. zu einem Abenteuer. Denn in diesem Land gibt es nur Frauen. Bald schon erliegt er einer elektrisierenden Mischung aus Verführung und Sexualität ... »*Alles ist Persiflage – mal von religiösen, von feministischen, mal von sexistischen oder politischen Gewissheiten.*« Leipziger Volkszeitung

Kurahashi Yumiko (1935–2005) gilt als die große alte Dame der japanischen Literatur. In ihrem mehrfach mit Preisen bedachten Gesamtwerk nimmt dieser Roman, der im phantastischen Gewand aktuelle Probleme zwischenmenschlicher Beziehungen aufgreift, eine Sonderstellung ein.

Die japan edition im be.bra verlag

Kaga Otohiko
Kreuz und Schwert

ISBN 978-3-86124-900-9
384 S., 26,00 €

Shiba Ryôtarô
Der letzte Shogun

ISBN 978-3-86124-281-9
252 S., 17,40 €

Jaqueline Berndt
**Phänomen Manga.
Comic-Kultur in Japan**
ISBN 978-3-86124-289-5
200 S., 19,40 €

Noch einmal lässt der verbannte Lehensfürst Takayama Ukon sein Leben Revue passieren: Schon in jungen Jahren trat er zum Christentum über und kämpfte an der Spitze seiner Samurais treu an der Seite des Kaisers. Als sich jedoch das Kriegsglück wendet, setzt eine grausame Christenverfolgung ein ...

In diesem Buch führt der bekannte Romancier Shiba den Leser in das Japan um 1860 – in eine Zeit, als das bisher strikt abgeschlossene Land vor der Entscheidung steht, sich der Welt zu öffnen, einer Entscheidung, an der sich die Gemüter erhitzen. Ein packendes historisches Zeitgemälde.

Manga sind zu einem wichtigen Element der japanischen Gegenwartsliteratur geworden.
»*Die sorgfältig recherchierte Studie zeichnet nicht nur die Entwicklungsgeschichte dieses modernen japanischen Ausdrucksmediums nach, sie beleuchtet auch kritisch seine aktuellen Untergattungen: Jungenmanga, Mädchenmanga, Sachcomic und Pornomanga.*«
Neue Zürcher Zeitung

Kaga Otohiko, 1929 in Tokio geboren, ist Arzt und Psychiater und war lange Zeit Professor an der Tokioter Universität. Seit 1979 freier Schriftsteller, von ihm erschienen zahlreiche Romane, Kurzgeschichten und Essays. Im Alter von 58 Jahren trat er zum Katholizismus über.

Shiba Ryôtarô (1923–1996) gilt als Meister des historischen Romans. Die japanische Gesamtausgabe seiner Werke umfasst 50 Bände, die meisten seiner Romane wurden zu Bestsellern. Er erhielt zahlreiche Literaturpreise, zuletzt den angesehenen Asahi-Preis (1983).

Jaqueline Berndt (geb. 1963), Studium der Japanologie und Kulturwissenschaft an der Humboldt-Universität Berlin, 1991 Promotion. Seit 1991 als Lektorin und Übersetzerin in Tokio tätig, seit 1995 Assistenz-Professorin für Kunstsoziologie an der Ritsumeikan-Universität Kyoto.

Die japan edition im be.bra verlag

Kenzaburo Ôe
Therapiestation
ISBN 978-3-86124-298-7
234 S., 19,40 €

Wird sich die Menschheit selbst zerstören? Der Roman des Nobelpreisträgers führt den Leser weit ins 21. Jahrhundert. Eine Schar »Auserwählter« ist von der durch Atomkrieg und Reaktorunfälle verseuchten Erde zu einer »neuen Erde« entsandt worden.

Ikezawa Natsuki
Aufstieg und Fall des Macias Guili
ISBN 978-3-86124-540-7
504 S., 29,70 €

»*Beständig changiert dieses farbige Epos zwischen realistischer Schilderung und magischen Episoden und webt Südsee-Bilder von Geisterwelt und Ahnenkult, von glasklarem Wasser, Palmen und kreischendem Vogelgestöber vor Sonnenaufgang mit konsumkritischen und globalisierungsskeptischen Passagen zusammen.*«
FAZ

Kenzaburo Ôe
Verwandte des Lebens
ISBN 978-3-86124-184-3
222 S., 19,40 €

Marie Kuraki wird vom Unglück heimgesucht ... »*In einer komplexen Erzählstruktur beschreibt Ôe den Prozeß, den Marie durchläuft, bevor sie den Schmerz und die Trauer, Wut und Verzweiflung über die Schicksalsschläge als das begreifen lernt, was sie einem Sprichwort der Indios zufolge sind: Verwandte des Lebens.*«
FAZ

Mori Yôko
Sommerliebe
ISBN 978-3-86124-282-6
160 S., 16,40 €

Dieser autobiographisch gefärbte Roman – einer der erfolgreichsten Bestseller auf dem japanischen Buchmarkt – schildert das Aufbegehren einer 35-jährigen Ehefrau und Mutter, die in den Sommermonaten Liebesaffären mit vorwiegend »weißen« Männern sucht. In provokanter Offenheit beschreibt Yoko ihre sexuellen Empfindungen und Intimerlebnisse.

Ôoka Makoto
Botschaft an die Wasser meiner Heimat
ISBN 978-3-86124-348-9
148 S., 16,40 €

Ôoka ist der führende Repräsentant der modernen japanischen Lyrik, ein kosmopolitischer Geist, wie es in Japan nur wenige gibt. Zu den zentralen Themen seiner Gedichte gehören die Elemente Wasser, Erde, Feuer, die eruptiven Kräfte und Kreisläufe der Natur und der Mensch als Teil dieses Geschehens.

Kenkô
Draußen in der Stille
ISBN 978-3-86124-155-3
326 S., 24,50 €

Dieses um 1330 entstandene Werk ist das bedeutendste Zeugnis der Zuihitsu-Literatur. Neben buddhistischen Gedanken finden sich darin auch konfuzianistische und taoistische, reich illustriert mit Holzschnitten aus dem 17. Jahrhundert.
»*In der Tat ein stilles Buch: ein Buch zum Nachdenken über sich und das Leben.*«
Berliner Morgenpost

Die japan edition im be.bra verlag

Natsume Sōseki
Das Graskissen-Buch
ISBN 978-3-86124-305-2
216 S., 19,40 €

Ein Schlüsselwerk der japanischen Moderne. »Es lohnt sich unbedingt, diesen Sōseki anhand des Graskissen-Buchs, das übrigens auch die Lieblingslektüre des Pianisten Glenn Gould gewesen sein soll, kennenzulernen.« FAZ

Keizô Hino
Trauminsel
ISBN 978-3-86124-229-1
174 S., 16,40 €

Eine junge Motorradfahrerin nimmt den verwitweten Architekten Sakai mit auf ihre »Trauminsel«, ein auf den Abfällen der Metropole gewachsenes künstliches Eiland in der Bucht von Tokio. Ein Roman, der zwischen Traum und Wirklichkeit wandert.

Akira Abe
Urlaub für die Ewigkeit

ISBN 978-3-86124-186-7
160 S., 18,50 €

Die tragische Geschichte eines kaiserlichen Marineoffiziers, der nach 1945 plötzlich überflüssig geworden ist. Sein jüngster Sohn, ein wenig erfolgreicher Angestellter, übt erbarmungslose Kritik am Vater wie an sich selbst.
»Eine meisterliche Erzählung.« FAZ

Takeshi Kaikô
Japanische Dreigroschenoper
ISBN 978-3-86124-183-6
256 S., 19,40 €

Hier wird vom Aufstieg und Fall einer 800-köpfigen Bande kleiner und großer Gangster in Osaka berichtet.
»Kaikos bildhafte und zum Teil drastische Sprache kann die Sympathie für die Parias der japanischen Nachkriegsgesellschaft nicht verhehlen. Sanfte Ironie untermalt die Schilderung des Kampfes zwischen Underdogs und Staatsmacht ...

Furui Yoshikichi
Zufluchtsort

ISBN 978-3-86124-280-2
264 S., 18,50 €

Eine winzige Apartmentwohnung am Rande der Megalopolis Tokio ist Schauplatz dieses Romans. Hier entwickelt sich das Drama von Saë, einer jungen Frau aus der Provinz, und Iwasaki, mit dem sie bereits vor einigen Jahren in ihrem heimatlichen Bergdorf ein kurzes Verhältnis hatte ...

Takeshi Kaikô
Finsternis eines Sommers
ISBN 978-3-86124-228-4
240 S., 19,40 €

Zwei Japaner suchen während einer Deutschlandreise in der vermeintlich unbeschwerten Sinnlichkeit von Sex und Schlemmerei einen Neuanfang.
»Neben der Tatsache, dass große Teile der Handlung in Bonn und Berlin spielen, fasziniert besonders die poetische Sprachgewalt des Autors bei dieser drastischen Schilderung einer zerbrochenen Zweierbeziehung.« Crescendo

---

be.bra verlag GmbH, Schönhauser Allee 37, 10435 Berlin
Tel. 030 - 440 23 810, post@bebraverlag.de, www.bebraverlag.de

OHIO UNIVERSITY LIBRARY

Please return this book as soon as you have finished with it. In order to avoid a fine it must be returned by the latest date stamped below. All books are subject to recall after two weeks or immediately if needed for reserve.

CF